Gudrun Heller

DAS JAHR DER WÖLFE

Roman

Herstellung und Verlag:
BoD – Books on Demand, Norderstedt
ISBN 9 783744 817165

Der Wolf

Ich bin der, den sie Wolf nennen
und der durch Wälder und Berge läuft,
manchmal auf der Suche nach neuer Beute,
deren Geruch der Wind in meine Nase treibt.

Ich bin der, den sie Wolf nennen
und ich heule unter dem vollen Mond,
wie schon seit Urzeiten in der Hoffnung,
dass von irgendwoher eine Antwort kommt.

Ich bin der, den sie Wolf nennen
und ich sehe Gefährten an meiner Seite stehen.
Zusammen laufen wir unserem Schicksal entgegen,
und der ein oder andere wird es nicht überleben.

Ich bin der, den sie Wolf nennen
und ich jage nicht für mich allein.
Zu Hause warten Junge und Alte,
die wie ich am Leben bleiben wollen.

Ich bin der, den sie Wolf nennen
und verdammt zu töten, um zu überleben –
ich sehe die Abscheu in Deinem Gesicht,
dabei ist Dir ein ähnliches Schicksal gegeben.

Ich bin der, den sie Wolf nennen,
und Hass und Angst wollen mich besiegen.
Vielleicht wäre auch ich schon längst gestorben
ohne die wenigen Menschen,
die mich und meinesgleichen lieben.

Ich bin ein Wolf,
wild und frei
und will niemals jemand anderes sein.
Und ich hoffe, es wird noch Wölfe geben,
wenn längst verstummt ist mein Heulen.

Inhaltsverzeichnis

Wolfsspuren

Natürlich kannte er das Märchen von
Rotkäppchen und dem bösen Wolf.
Wer nicht?
Er erinnerte sich an den leichten Schauer, den ihm
die Geschichte immer einjagte, wenn seine Oma sie
erzählte.
Sie liebte Geschichten und noch mehr, sie zu
erzählen. Und ihr hatte er es auch zu verdanken,
dass er neben diesem Märchen noch viele andere
Erzählungen kannte.

Am liebsten gab sie abends ihre Geschichten zum
Besten. Dann saß sie in ihrem Schaukelstuhl in der
Nähe des Kamins und wippte leicht hin und her.
Das Holz knackte unter der Glut und im Hintergrund
tickte leise die Wohnzimmeruhr. Meistens war es
schon fast Schlafenszeit für ihn, aber er hatte nie
Lust, pünktlich ins Bett zu gehen.
„Oma, erzählst Du mir eine Geschichte?", bettelte
er dann immer, wohlwissend, dass es sicher später
werden würde, wenn sie erst einmal anfing zu
erzählen.

Manchmal richtete sie sich auf und sah ihn streng
über den Rand ihrer Brille hinweg an: „Lars, es ist
höchste Zeit für Dich, schlafen zu gehen!"
Aber manchmal lächelte sie auch milde und ihre
Augen bekamen jenen verträumten Ausdruck, den

er so sehr an ihr liebte – und der ihn hoffen ließ, dass er noch nicht sofort ins Bett gehen musste.

So wie an einem jener Winterabende, an denen der Sturm wild über das Marschland tobte und in seinem Tanz um die Häuser aufjaulte.
„Hörst Du das Heulen?", fragte sie ihn.
Lars nickte.
„Das sind die Seelen der Wölfe, die die Menschen vor langer Zeit ausgerottet haben", meinte sie.
„Ach, Oma", erklang die genervte Stimme seiner Mutter im Hintergrund, „nun erzähl dem Jungen nicht wieder solche Märchen. Er wird ja noch ganz wirr im Kopf!"
Aber seine Oma fuhr unbeirrt fort.
„Willst Du die Geschichte vom letzten Wolf Norddeutschlands hören?", fragte sie ihn rein der Form halber, denn natürlich wusste sie, dass er das wollte.

Wieder nickte Lars.

Sie lehnte sich weit in ihrem Schaukelstuhl zurück und machte eine kleine Pause, so als müsste sie sich erst noch überlegen, wie sie die Geschichte am besten erzählen könnte.
Dann begann sie:
„Es war in einem der Nachkriegswinter in Niedersachsen, das muss 1947/48 gewesen sein. Es

war ungewöhnlich mild in Norddeutschland, eher verregnet als verschneit. Einige Flüsse führten sogar Hochwasser. Da geschah es, dass die Bauern in der Gegend rund um das Lichtenmoor bei Nienburg an der Weser vereinzelt getötete Rinder und Schafe fanden, die augenscheinlich von einem Raubtier gerissen worden waren. Das war sehr ungewöhnlich, denn einerseits hatten es die Raubtiere in diesem milden Winter nun wirklich nicht nötig, die Herden der Menschen anzugreifen. Andererseits wurden von den gewöhnlichen Fleischfressern, also Dachse und Füchse, eigentlich nur Hühner und Gänse angegriffen. An die größeren Pflanzenfresser trauten sie sich in der Regel nicht heran. Wer also war der Übeltäter? Die Antwort auf diese Frage wurde immer dringender, denn die Zahl der gerissenen Tiere nahm ständig zu. Es wurde höchste Zeit, den Angreifer zu stellen. Die Bauern stellten Wachen auf, legten Köder aus, alles umsonst. Keiner sah das Raubtier, keiner konnte es stellen. Den Menschen wurde ihr Gegner langsam unheimlich. Nicht nur, dass sie ihn nicht zu fassen bekamen, er schien auch noch aus lauter Lust am Töten herumzuziehen, denn er fraß seine Beute noch nicht mal ansatzweise. Wie ein Mörder im Blutrausch schlug er um sich und bekam daher bald den Spitznamen der „Würger vom Lichtenmoor". Tief im Innern ahnten die Bauern natürlich schon, um welchen Angreifer es sich dabei handeln könnte. Denn in Deutschland gab es von je her nur ein Raubtier, das so tückisch und unheimlich zuschlagen kann:

Der Wolf.

Noch wagte niemand den Gedanken auszusprechen, weil der Wolf bei uns seit Ende des 19. Jahrhunderts als ausgerottet galt. Aber dann kam das Gerücht auf, dass Soldaten von der russischen Front einen sibirischen Wolfswelpen nach Norddeutschland gebracht und ausgesetzt hätten. Als auch noch Bauern berichteten, sie hätten nachts ein Tier im Wald heulen gehört, waren sich alle sicher: die wildernde Bestie musste ein Wolf sein. Ein Wolf, der eine Blutspur über ganz Norddeutschland zog…"

„Oma, mit Dir geht wieder die Phantasie durch!", rief die Mutter von Lars mahnend aus der Küche.

„Ist doch wahr, Amelie!", gab Oma zurück. „Der Wolf steht nun einmal im Pakt mit dem Bösen. Schau ihn Dir doch nur an, so mager, spitzschnäuzig und gelbäugig wie er ist, und immer heimlich auf der Pirsch."

„Rosa, Du bist unverbesserlich! Es ist schon schlimm genug, dass Du den Unfug selbst glaubst, aber verdreh dem Jungen nicht auch noch den Kopf!", warnte Amelie sie jetzt eindringlich.

Rosa erwiderte darauf nichts, aber Lars sah, wie sie mit ihrem Unterkiefer mahlte. Das tat sie immer, wenn sie sich einen Kommentar verkniff, aber von ihrer Meinung nicht abzubringen war.

„Erzähl weiter!", bat Lars sie im Flüsterton, so dass ihn seine Mutter nicht hören konnte.

Verschwörerisch beugte Rosa sich zu ihm herab und raunte ihm halblaut zu:

„Die Menschen waren in heller Panik. Was würde geschehen, wenn sie der Bestie irgendwann selbst Auge in Auge unbewaffnet gegenüber stehen würden?"

Lars spürte, wie ihm der wohlige Schauer des Gruselns über den Rücken lief.

Rosa legte eine kurze Pause ein, um sich der Wirkung ihrer Sätze auf ihren Enkel zu versichern, aber wohl auch um zu überlegen, wie sie die Erzählung rasch zu Ende bringen konnte. Eigentlich liebte sie lange Geschichten, aber würde diese hier zu lange dauern, würde sie unweigerlich Ärger mit ihrer Tochter bekommen. Und das konnte recht unangenehm werden, zumal wenn es um Lars ging. Also fuhr sie fort:

„Gottseidank kam es dazu nicht mehr. Einer der Bauern, der es sich zur Aufgabe gemacht hatte, allabendlich auf seinem Hochsitz in der Heide Ausschau nach dem Biest zu halten, konnte das Tier erlegen. Am Abend des 27. August 1948 erwischte er den Wolf, als er sich an eine Gruppe von Rehen heranschlich. Er konnte seinen Erfolg kaum fassen: Ein sechsjähriger, reinrassiger Rüde, 1,70 m Länge von der Nase bis zur Schwanzspitze, 85 cm Schulterhöhe, 47,5 kg schwer, 3 cm große

Fangzähne – vermutlich der stärkste Wolf, der in Deutschland jemals erlegt worden ist. Schnell war natürlich auch die Presse vor Ort und die Kunde von dem Jagderfolg verbreitete sich in Windeseile. Jeder wollte jetzt das blutrünstige Tier sehen und es setzte eine wahre Völkerwanderung in die Heide ein. Ich kann mich heute noch ärgern, dass ich mir das Biest damals nicht im Original angeschaut habe. Denn wenige Wochen später war es schon zu spät dazu - der Kadaver verweste schnell. Aber wenigstens stellte das Landesmuseum von Niedersachsen einen Gipsabdruck des Tieres her. Also wenn Du willst, kannst Du seine Nachbildung dort heute noch besichtigen."

Rosa und Lars waren so in die Erzählung vertieft gewesen, dass sie nicht mitbekommen hatten, wie sich Amelie leise aus der Küche zu ihnen geschlichen hatte.

„Und wenn sie nicht gestorben sind, dann leben sie noch heute!", ließ sie sich jetzt mit lauter Stimme vernehmen.

Rosa und Lars zuckten vor Schreck zusammen.

„Nie im Leben war dieser Wolf der *Würger vom Lichtenmoor*", meinte sie.

„Und was macht Dich da so sicher?", fragte Rosa sie in scharfem Ton.

Ihre Augen funkelten vor Zorn darüber, dass jemand die Wahrheit ihrer Geschichte anzweifelte.

„Bei den getöteten Tieren, so wird berichtet, sind auffallend glatte Wunden festgestellt worden, wie mit einem Messer geschnitten. Teilweise wurden Beine wie mit einem Beil abgehackt und Schafe vollständig aus dem Fell gehauen. Unmöglich, dass das das Werk eines Tieres war."

Nun machte Amelie eine Pause, um die Wirkung ihrer Worte abzuwarten.

„Das besagt noch gar nichts", grummelte Rosa nur. Doch Amelie fuhr fort:

„Komisch, dass bei den Rindern immer Risse in der Hinterkeule zu finden waren, die gerade dieses wertvolle Stück Fleisch schnell ausbluten ließen. Und dann machte sich der Räuber wieder davon, ohne noch ein anderes Tier der Herde anzugreifen und ohne von seiner Beute zu fressen, nur um weit entfernt von diesem Ort wieder zuzuschlagen. Manchmal erlegte der Würger angeblich fast zeitgleich an zwei verschiedenen Orten seine Beute, dann sollte er zentnerschwere Rinder acht Meter weit geschleift haben, sollte mit Rehen im Maul einen Sandweg spurlos übersprungen haben…"

„Na und?", unterbrach Rosa sie, „einer Bestie ist schließlich alles zuzutrauen!"

Amelie lächelte spöttisch.

„Nur seltsam, dass dies alles in einer Zeit geschah, in der Fleisch noch Mangelware war und rationiert wurde. Selbst die Bauern durften ihr eigenes Vieh nicht verwerten. Es musste registriert und abgeliefert werden. Schwarzschlachten und Wildern waren mit empfindlichen Strafen belegt. Und der Schwarzmarkt für Fleisch boomte. Andererseits beschlagnahmten die Behörden das vom Würger getötete Vieh nicht. Man konnte es also immer noch gewinnbringend verwerten. Welch ein Glück, dass es dieses Monster gab! Und wie seltsam, dass seine Mordrate nach Einführung der D-Mark rapide sank, also gerade dann, als es wieder genug Fleisch zu kaufen gab…"

„Was willst Du damit sagen?", fuhr ihr Rosa dazwischen.

„Dass es sich um nichts anderes als um ein weiteres Märchen über den Wolf handelt. Allein erfunden, um das wilde Schlachten und Verwerten des Viehs in der Zeit der Fleischrationierung zu decken. Die Schlächter haben sich einfach den uralten Aberglauben des Menschen gegenüber dem Wolf zunutze gemacht."

Rosa schwieg beleidigt.

Und Amelie setzte nach:
„Ein für allemal, Rosa: Ich will nicht, dass Du dem Jungen solche Ammenmärchen erzählst. Es wäre schön, wenn die Menschen sich endlich mit dem Wolf aussöhnen und seine wirkliche Natur kennenlernen würden. Schließlich wird er bald wieder in unserer Gegend heimisch sein."

„Gott bewahre!", stöhnte Rosa und schlug schnell ein Kreuz über ihrer Brust, aber sie sagte nichts weiter, denn sie hatte den warnenden Blick ihrer Tochter wohl registriert.
Dann wandte Amelie sich zu Lars:
„Und nun ab ins Bett mit Dir, bevor Dir die Oma noch mehr Unfug erzählt!"
Lars wusste, jetzt war jeder Widerspruch sinnlos und so gehorchte er seiner Mutter, wenn auch widerwillig.

Einschlafen konnte er aber noch lange nicht. Unruhig wälzte er sich von einer Seite auf die andere. Als er es dann schließlich doch schaffte, träumte er von riesigen Bestien mit gefletschten Zähnen, die Menschen angriffen und ihre Opfer bis auf das Skelett vertilgten.
Schweißgebadet wachte er auf. Er wusste sich nicht anders zu beruhigen, als zu seiner Mutter ins Bett zu steigen, die dadurch aufwachte.
„Du kannst nicht schlafen wegen Omas Geschichte von dem Wolf, nicht wahr?", fragte sie ihn leise.

Lars nickte stumm.

Sie seufzte.
„Komm mal mit, ich möchte Dir was zeigen", sagte sie und zog ihn zum Bücherschrank im Wohnzimmer. Einen kurzen Moment lang suchte sie

zwischen den Buchrücken, dann zog sie entschlossen ein Exemplar hervor. Es hieß „Der Wolf – des Menschen liebster Feind". Es war voll mit Bildern des Raubtiers und erzählte von seinem wirklichen Leben.

„Woher hast Du das?", fragte Lars erstaunt.

Er hatte nicht gedacht, dass sich seine Mutter für Wölfe interessierte.

„Du traust mir nicht zu, dass ich mir ein Sachbuch über Wölfe kaufe?"

Sie schien enttäuscht zu sein, aber Lars kannte seine Mutter nur zu gut, dass er nicht das schelmische Blitzen in ihren Augen bemerkt hätte.

„Nun sag´ schon", drängte er.

„Also gut", gab sie nach, „Du hast ausnahmsweise Recht. Ich habe mir das Buch tatsächlich nicht selbst gekauft, sondern geschenkt bekommen."

„Und von wem?"

„Du willst es aber genau wissen", stöhnte sie. „Von Tom Smith."

„Von diesem Eigenbrötler?"

Lars staunte. Keiner im Dorf konnte so richtig etwas mit Tom anfangen.

Er war vor etwa vier Jahren aus Kanada hergekommen, ein passionierter Tierfilmer, der ein Wolfsrudel mitgebracht hatte, das er im Auftrag der schleswig-holsteinischen Landesregierung auswildern sollte. Auf Weisung der Regierung hatte die Husumer Naturschutzbehörde ihm die Erlaubnis erteilt, hier für fünf Jahre ein großes unbesiedeltes Gebiet zu nutzen, das er eingezäunt hatte und in dem sich die Wölfe aufhielten. In einem Jahr, wenn sein Pachtvertrag auslief, wollte er mit der Auswilderung beginnen.

Allein die Arbeit mit den Wölfen, in deren Gehege er selbst auch wohnte, ließ ihn für die Dorfbewohner unheimlich erscheinen.

Schließlich dachten die meisten Menschen hier genauso über Wölfe wie Oma Rosa und konnten sich überhaupt nicht damit anfreunden, dass es diese Raubtiere in ihrer Gegend bald wieder geben sollte.

Abgesehen davon war Tom Kanadier, also ein Fremder, der sich bald von allen fern hielt und nur selten im Dorf blicken ließ.

Die Menschen mieden ihn und er sie.

„Ich habe ihn einmal auf einem Dorffest getroffen", erklärte seine Mutter. „Das war kurz nachdem er hier seine Zelte aufgeschlagen hat. Damals versuchte er noch, Kontakt zu den Dorfbewohnern zu bekommen. Wir sind nach einiger Zeit auf das Thema Wölfe gekommen und er freute sich darüber, dass ich mich tatsächlich für die Tiere interessiere. Er hat mich dann für den nächsten Tag zu einem Besuch seines Geheges eingeladen und ich konnte zum ersten Mal ein Wolfsrudel aus der Nähe beobachten. Ich war völlig begeistert. Deshalb hat er mir dieses Buch geschenkt. Er hat es noch in Kanada geschrieben und auf Deutsch übersetzt, nachdem sich die schleswig-holsteinische Landesregierung entschlossen hatte, bei uns ein Wolfsrudel auszuwildern und ihm dazu als Experten den Auftrag erteilt hatte."

Lars blätterte in dem Buch. Die vielen Nahaufnahmen der Wölfe faszinierten ihn. Und auch die dazugehörigen kurzen Erklärungen über die unterschiedlichen Verhaltensweisen waren interessant.

„Leihst Du es mir für eine Weile?", fragte er seine Mutter.

„Ja klar, warum nicht", meinte sie.

Dann bekam ihre Stimme einen strengen Ton.

„Aber jetzt wird nicht gelesen, sondern geschlafen."

Sie nahm ihm das Buch aus der Hand.

„Morgen ist auch noch ein Tag."

Als Lars zum zweiten Mal in dieser Nacht einschlief, tobten wieder Wölfe durch seine Träume. Aber es waren keine Bestien mehr, sondern große, hundeartige Tiere, die ihn mit ihren gelben Augen wachsam beobachteten und nur darauf zu warten schienen, ihn kennenzulernen.

Auch er wünschte sich nichts dringender, als einmal in ihre Nähe zu kommen.

Und zwar möglichst bald.

Er müsste nur irgendwie zum Wolfsrudel von Tom Smith gelangen…

**

„Na, bist Du wieder eingeschlafen nach Deinen Albträumen letzte Nacht?", fragte seine Mutter ihn am nächsten Morgen, nicht ohne einen vorwurfsvollen Seitenblick auf Rosa zu werfen, die jedoch lautstark mit dem Geschirr klapperte und so tat, als würde sie nichts mitbekommen.
Lars nickte.
Aber er erzählte nicht, was er in der zweiten Hälfte der Nacht geträumt hatte. Sonst käme es sicher wieder zu einem Streit mit Oma. Und wenn sie erst einmal richtig böse war, erzählte sie ihm womöglich keine Geschichten mehr.
Das wäre noch schlimmer als die schlimmsten Wutanfälle von Mama.

Und noch etwas anderes erzählte er nicht: Dass er den Entschluss gefasst hatte, dem Wolfsrudel von Tom Smith einen Besuch abzustatten.
Dass er das nicht seiner Oma erzählen konnte, verstand sich von selbst. Aber auch seiner Mutter verschwieg er seinen Plan, wenn auch aus einem anderen Grund: Sie war schließlich schon jedes Mal beunruhigt, wenn er längere Zeit allein im Wald war.

„Das ist zu gefährlich", pflegte sie zu sagen, „Du bist schließlich erst zehn Jahre alt. Nimm doch einen Deiner Freunde mit, dann habe ich nichts dagegen." Aber er wollte nie einen seiner Freunde mitnehmen. Und jetzt schon gar nicht.

Denn dies war *sein* Abenteuer und er wollte es ganz allein erleben, es ganz für sich haben.

Und er würde sich heute zu ihm aufmachen.
Als er von der Schule zurückkehrte, gab er vor, noch eine Verabredung mit einem Freund zu haben. So kam er ohne Probleme aus dem Haus.
Schwieriger war es schon, das Wolfsgehege zu finden. Er konnte ja schlecht jemanden danach fragen, dann würde sein ganzer Plan auffliegen. Alles, was er von dem Gerede der Leute wusste, war, dass es sich irgendwo in dem weitläufigen Birkenwald hinter dem Dorf befand.

Im Krämerladen hatte Lars sich eine genaue Landkarte von der Gegend beschafft. Die Hälfte von seinem gesparten Taschengeld war dabei drauf gegangen.
Sven Hansen, der Besitzer des Ladens, feixte ihn an: „Na, Du müsstest Dich doch mittlerweile gut genug hier auskennen, oder?"
„Na klar", erwiderte er, „aber meine Mutter hat einfach ein besseres Gefühl, wenn ich im Wald eine Karte dabei habe."

„So, so", schmunzelte Hansen nur. „Soweit ich weiß möchte Deine Mutter doch gar nicht, dass Du allein im Wald bist."

„Bin ich ja auch gar nicht", versicherte Lars schnell, um jeglichen Gerüchten vorzubeugen, „aber auch mit einem Freund zusammen kann man sich doch schnell verlaufen."

„Ja, da hast Du Recht", stimmte ihm Sven zu. „Trotzdem immer schön auf den Wegen bleiben, dann seid ihr auf jeden Fall auf der sicheren Seite."

„Klar, machen wir", log Lars.

Lars hatte sich vorsichtshalber auch noch den Kompass eingesteckt, den seine Mutter immer zum Wandern mitnahm.

Schließlich ahnte er, dass er die Wölfe von den normalen Wanderwegen aus kaum entdecken würde. Es war unwahrscheinlich, dass das Gehege so leicht zugänglich war. Tom Smith war dafür bekannt, dass er am liebsten alleine und im Verborgenen arbeitete.

Bald schon bewegte er sich in Schlangenlinien von Ost nach West und von Nord nach Süd durch das Gelände, aber vom Gehege war keine Spur zu sehen. Er hatte nur maximal drei Stunden Zeit für sein Vorhaben, wobei er jeweils eine Stunde für den Fußweg hin und zurück einplanen musste. Es gab leider keine Busverbindung bis zu dem Wald.

Die Stunde, die ihm für seine Suche zur Verfügung

stand, war schnell vorbei.

Er notierte sich auf der Karte, welches Gebiet er schon durchforstet hatte. Im schlechtesten Fall konnte es einige Wochen dauern, bis er fündig wurde.

Wenn er überhaupt irgendwann einmal Erfolg hatte.

Doch der Zufall kam ihm zur Hilfe.

Als er schon fast zu Hause war, sah er den Wagen von Tom vor dem Lebensmittelladen im Dorf stehen. Hier auf dem Dorf war es nicht üblich, Autos abzuschließen und so war auch der Kofferraum des alten Vans unverschlossen.

Einen kurzen Augenblick zögerte er noch. Er hatte eigentlich keine Zeit mehr für eine Spazierfahrt mit Tom, wollte er pünktlich zu Hause sein.

Andererseits – eine solche Gelegenheit würde sicherlich nicht so schnell wiederkommen.

Schließlich war es wahrscheinlich, dass Tom zum Gehege fuhr.

Also sprang er in den Kofferraum und zog die Klappe bis auf einen Schlitz zu, so dass er sie später wieder allein öffnen könnte. Er wusste, die Schelte seiner Mutter war schon vorprogrammiert, aber was sollte es.

Es ging um Wichtigeres.

Kurze Zeit später hörte er, wie Tom in den Wagen stieg und los fuhr. Nach längerer Zeit auf glattem Asphalt spürte er, wie die Wege immer holpriger wurden. Er wurde arg durchgerüttelt und hoffte, sie würden ihr Ziel bald erreichen. Schließlich kam der Wagen zum Stehen, die Fahrertür ging auf und Schritte entfernten sich vom Auto. Lars wartete noch eine Weile, bis er nichts mehr hörte, dann öffnete er den Kofferraum und stieg aus. Vorsichtig lugte er hinter dem Wagen hervor.

Tatsächlich!

Er befand sich direkt vor dem Wolfsgehege. Von Tom war keine Spur mehr zu sehen. Genauso wenig wie von den Wölfen. Aber das war eigentlich auch nicht anders zu erwarten gewesen, denn soweit er wusste, umfasste das eingezäunte Gebiet circa zwei Quadratkilometer. Die Tiere konnten sich also irgendwo weit weg von ihm befinden.
Um sie zu finden, gab es nur zwei Möglichkeiten: Er konnte am Zaun entlang gehen in der Hoffnung, irgendwann einen Blick auf das Rudel zu erhaschen. Oder er kletterte darüber und ging die Sache systematisch an.
Er sah sich den Zaun genauer an.
Es war ein stabiler Metallzaun, etwa zwei Meter hoch und glücklicherweise ohne Stachelbewehrung. Es war offensichtlich, dass Tom nur daran gedacht

hatte, die Tiere von der Flucht aus dem Gehege abzuhalten und nicht daran, das Eindringen ungebetener Gäste in das Gebiet zu verhindern. Er rechnete anscheinend nicht damit, dass irgendjemand außer ihm selbst an den Tieren interessiert war.

Wie konnte Lars nur über den Zaun gelangen? Die Lücken im Metallgeflecht waren so klein, dass seine Füße darin keinen Halt finden würden. Wegen der Höhe des Zauns brauchte er auch gar nicht versuchen, darüber zu springen.

Er würde schon irgendeine Kletterhilfe benötigen.

Aus der Ferne hörte er jetzt Schritte. Schnell versteckte sich Lars hinter einem Baum.

Tom kehrte zum Auto zurück.

Er hatte nur etwas Brennholz gesammelt, das er in den Kofferraum warf. Dann stieg er ein und fuhr weiter den unbefestigten Weg entlang.

„So ein Mist!", fluchte Lars vor sich hin. Er war zu früh ausgestiegen. Andererseits – wäre er im Auto geblieben, hätte Tom ihn entdeckt.

Immerhin, wenn Tom ihn auch nicht direkt zum Rudel geführt hatte, so hatte er wenigstens das Gehege gefunden.

Und da musste er nun irgendwie hineinkommen.

Ein paar Meter weit weg von ihm stand ein alter Baum. Einer seiner Äste ragte weit in das Gehege.

Lars war schon oft auf Bäumen herum geklettert und es war einen Versuch wert, auf diese Weise auf das geschützte Gelände zu gelangen. Mit einem kleinen Sprung erreichte er einen der weiter unten wachsenden kräftigen Zweige und zog sich daran empor. Von hier aus konnte er den Ast erreichen, der in das Gehege hineinragte. Auf allen Vieren kroch er hinüber auf die andere Seite, wo er sich hinunterließ.

Jetzt musste er „nur" noch das Rudel finden.

Aus dem Buch über Wölfe, das ihm seine Mutter geliehen hatte, wusste er, wie der Pfotenabdruck eines Wolfes aussieht und so machte er sich auf Fährtensuche.

Die meisten Spuren, die er fand, waren schon halb verwittert, so dass es sich nicht lohnte, ihnen zu folgen.

Doch er hatte Anfängerglück und nach kurzer Zeit stieß er auf frische Abdrücke. Vorsichtig folgte er ihnen bis zu einer kleinen Lichtung.

Plötzlich hörte er jaulende Geräusche und eine menschliche Stimme.

Rasch ging Lars hinter einem Gebüsch in Deckung.

Und da waren sie, mitten auf der Lichtung.

Tom saß auf einem Felsen vor einer Hütte und zwei ausgewachsene Tiere sprangen immer wieder an ihm hoch, um ihn am Mund zu lecken. Dabei jaulten

sie leise und Tom selbst gab ähnliche Geräusche
von sich.

Es sah so aus, als ob die Wölfe ihn freudig
begrüßten.

Lars wollte noch näher an die Gruppe heran, aber
als er den Schutz seiner Deckung verließ, trat er auf
einen großen, trockenen Zweig, der unter seiner
Last mit einem lauten Knacken zerbrach. Lars zuckte
vor Schreck zusammen und blieb wie erstarrt
stehen, als ihn der Blick von Tom traf, der im Nu bei
ihm war.

„Was machst Du hier auf dem Gelände?", fuhr er
ihn unfreundlich an. „Hast Du nicht die Schilder
„Betreten verboten" gesehen?"

„Doch", murmelte Lars kleinlaut, „aber ich wollte so
gerne zu den Wölfen."

„Dies hier ist kein Zoo", schimpfte Tom, „und selbst
im Zoo würdest Du nicht auf die Idee kommen,
einfach in die Käfige zu steigen, oder?"

Lars schüttelte schuldbewusst den Kopf.

Tom sah ihn zornig an. Dann schien er
nachzudenken. Jedenfalls verschwand irgendwann
die Wut aus seinem Gesicht.

Er seufzte.

„Also gut. Ich wollte jetzt ohnehin nicht lange beim
Rudel bleiben. Du kannst meinetwegen noch einen
Moment zuschauen und dann bringe ich Dich
zurück nach Hause."

„Nein, bloß nicht!", rief Lars entsetzt. „Meine Mutter weiß doch gar nicht, dass ich hier bin und wenn meine Oma davon erfährt, zerreißt sie mich in Stücke. Sie hasst Wölfe."

„Okay, dann bringe ich Dich nur an den Rand des Dorfes."

Lars atmete erleichtert auf.

„Danke!"

„Aber ich will Dich hier nicht wiedersehen, verstanden?", setzte er noch nach.

Lars nickte betrübt.

Die Wölfe hatten Lars mittlerweile auch entdeckt und beobachteten ihn neugierig. Aber sie blieben auf Distanz.

Tom verfolgte Lars leicht ängstlichen Blick auf die Tiere.

„Du brauchst Dich nicht zu fürchten", beruhigte er ihn. „Gesunde Wölfe gehen in der Regel nicht auf fremde Menschen zu, dazu sind sie zu scheu. Sie haben in den vergangenen Jahrhunderten gelernt, dass der Mensch ihr ärgster Feind ist. - Schließlich hat er es ja geschafft, sie in Deutschland vollständig auszurotten."

Tom ließ sich auf einen umgeknickten Baumstamm nieder und bedeutete Lars, sich neben ihn zu setzen. Eine Weile saßen sie schweigend und reglos nebeneinander, während die Wölfe sie aufmerksam beobachteten. Eines der Tiere fiel durch seinen großen, kräftigen Körperbau auf.

„Das ist bestimmt der Leitwolf, oder?", fragte Lars.
„Ah, man hat schon etwas über Wölfe gelesen",
meinte Tom leicht abfällig. „Nein, das ist er nicht.
Bei den Wölfen ist nicht automatisch derjenige der
Führer, der das aufgrund seiner körperlichen Stärke
sein könnte. Ein Leittier muss Führungsqualitäten
haben, Durchsetzungsvermögen, eine gewisse
Aggressivität und ein hohes, vielleicht auch
übersteigertes Selbstbewusstsein. Und das hat Jack
nicht. Er ist von einem ruhigen und ausgeglichenen
Wesen. Er ist eher der Typ, der als Streitschlichter
auftritt."
„Also wie bei den Menschen?" fragte Lars
überrascht.
Tom grinste.
„Ja, der Vergleich ist durchaus angebracht. Wenn
Du sie besser kennen würdest, wärst Du erstaunt,
wie ähnlich wir ihnen sind, trotz aller Fremdheit."
„Ich würde alles dafür geben, sie näher
kennenlernen zu dürfen", seufzte Lars.
Tom schwieg, wie um seinen Unmut über diesen
Satz auszudrücken. Lars nahm seinen ganzen Mut
zusammen.
„Bitte, lass mich wiederkommen", flehte er.
Aber Tom schüttelte energisch den Kopf.
„Du würdest mich nur bei meiner Arbeit behindern.
Außerdem sind es trotz allem wilde Tiere, also in
einem bestimmten Maß unberechenbar. Wenn Dir
etwas passieren würde, bliebe alles an mir hängen

und abgesehen davon, dass ich wahrscheinlich dafür ins Gefängnis wandern würde, wäre das ganze Wolfsprojekt gestorben. Die Leute sind schon ablehnend genug. Wenn die Wölfe hier einmal einen Menschen verletzen, würde das das Ende bedeuten."

Eine Weile lang schwiegen beide. Dann stand Tom abrupt auf und wandte sich zum Gehen. Lars folgte ihm kommentarlos. Tom bewegte sich auf ein Tor zu, das sich hinter der Hütte befand und den Eingang zum Gehege bildete.
Sehnsüchtig warf Lars einen letzten Blick zurück auf das Rudel.

Und für einen Moment lang blickte er in die neugierigen hellen Augen von Jack.

**

Wie verabredet ließ Tom Lars am Rande des Dorfes aussteigen. Er hob noch einmal kurz die Hand zum Abschied, dann fuhr er davon. Lars blickte um sich. Die Straße war leer und keiner schien bemerkt zu haben, dass Tom ihn in seinem Auto mitgenommen hatte. Das war auch besser so, denn sonst würde es sicher jede Menge Gerede geben, das auch seiner Mutter letztendlich nicht verborgen bleiben würde.

Er würde sowieso genug Ärger zu Hause bekommen, weil er viel später als verabredet zurück war.

Als seine Mutter ihm die Tür öffnete, stand ihr die Wut ins Gesicht geschrieben.

„Um vier Uhr wolltest Du zu Hause sein. Hast Du mal auf die Uhr geschaut?" fuhr sie ihn an.

Er schüttelte den Kopf.

„Es ist schon fünf Uhr und stockdunkel draußen. Kannst Du mir mal erklären, wo Du Dich so lange herumgetrieben hast?"

„Ich hab beim Spielen einfach die Zeit vergessen", erwiderte er kleinlaut.

„So, so."

Amelie sah ihn skeptisch an.

So ganz schien sie ihm nicht zu glauben, denn sonst kam er immer pünktlich nach Hause.

„Dann musst Du heute eben mal ohne Fernsehen auskommen", entschied sie kurzerhand. „Und wenn das in nächster Zeit noch einmal vorkommen sollte, müssen wir wohl mal über Hausarrest nachdenken…"

Wir.

Wie er dieses Krankenschwester-Wir hasste.

Schnell verdrückte er sich über die Treppe in sein Zimmer. Aber eins war klar: So ein Fehler durfte ihm nicht noch einmal passieren. Beim nächsten Mal würde seine Mutter sicher Nachforschungen anstellen und die ganze Sache würde heraus kommen.

Beim nächsten Mal...

Würde es überhaupt ein nächstes Mal geben? Schließlich hatte Tom ihm verboten, das Gehege noch einmal zu betreten.

Aber er musste die Wölfe einfach wiedersehen, jetzt, wo Jack sich für ihn zu interessieren begann. Und schließlich durfte er nur nicht mehr *ins* Gehege gehen. Vor dem Zaun zu sein konnte Tom ihm nicht verbieten.

Nur war dort natürlich die Chance relativ gering, auf das Rudel zu treffen. Es sei denn - seine Miene hellte sich auf.

Ja, es sei denn, er würde die Tiere anlocken.

Lars grinste.

Das war die Lösung. Er würde sich Fleisch besorgen und direkt hinter den Metallzaun legen. Die Lücken im Gitter waren groß genug, um die Leckerbissen in kleine Teile zerteilt hindurch zu schieben.

**

Schon am nächsten Tag setzte er seinen Plan in die Wirklichkeit um. Allerdings war er sich alles andere als sicher, dass er funktionieren würde. Das Fleisch konnte genauso gut von anderen Tieren geraubt werden oder die Wölfe fraßen es, wenn er gerade nicht da war.

In den folgenden Tagen kam er regelmäßig zu der Stelle, wo er das Fleisch ausgelegt hatte. Aber weder die Wölfe noch andere Tiere ließen sich blicken. Es geschah schlichtweg gar nichts.

Doch Lars gab nicht auf.

Endlich, nach 10 Tagen, näherte sich ein Tier des Rudels dem Köder.

Lars stockte vor Aufregung das Herz. Er hatte sich hinter einen Baumstamm dicht vor dem Gehege zurückgezogen, aber natürlich wusste er, dass der Wolf ihn riechen konnte. Das war wahrscheinlich auch der Grund dafür, warum er sich dem Fleisch so zögerlich näherte.

Schließlich überzeugte jedoch die Aussicht auf eine leichte und schmackhafte Beute und das Raubtier begann zu fressen.

Lars war außer sich vor Glück, nicht nur, weil er den Wolf ganz aus der Nähe beobachten konnte, sondern auch weil es sich um keinen anderen als um Jack handelte.

Vorsichtig verließ Lars seine Deckung und setzte sich neben den Baum, nunmehr gut von Jack zu sehen. Aber das Tier ließ sich durch ihn nicht beim Fressen stören, wenn es ihn auch ständig im Blick hatte.

Lars machte es sich nun zur Angewohnheit, regelmäßig zum Gehege zu kommen und an immer demselben Platz Fleisch auszulegen. Das schien sich unter den Wölfen schnell „herumzusprechen", denn nach kurzer Zeit tauchte das ganze Rudel an der Futterstelle auf.

Lars merkte bald, dass es unter den Tieren eine regelrechte Hackordnung gab, fast so wie unter den Hühnern im Stall von Oma Rosa.

Als erstes durfte ein relativ kleiner, gedrungener, aber höchst aggressiv auftretender Wolf fressen, Lars nannte ihn King. Danach war anscheinend das Alphaweibchen dran, also die Queen…

„Und erst ganz zum Schluss darf sich Lea den Magen füllen, wenn der Alpharüde sie überhaupt fressen lässt", ertönte hinter ihm eine Stimme, die anscheinend seine Gedanken gelesen hatte.

Lars drehte sich um und sah direkt in das Gesicht von Tom.

„Jetzt weiß ich endlich, warum die Tiere in letzter Zeit nicht mehr so hungrig sind und oftmals diese Stelle hier aufsuchen."

Lars wurde rot.

Er erwartete eine deftige Standpauke von Tom.

Aber nichts dergleichen geschah.

„Dich hat wohl das Wolfsfieber gepackt, mmh?", fragte Tom nur in ruhigem Ton.

Lars nickte stumm.

Eine Weile sagte keiner von ihnen ein Wort.

Lars spürte, Tom würde in den nächsten Minuten eine Entscheidung treffen und er konnte nur hoffen, dass er ihm den Besuch des Geheges nicht verbieten würde.

„Ich denke, es wird die beste Lösung sein, wenn wir in Zukunft miteinander arbeiten, anstatt jeder für sich allein", meinte Tom schließlich überraschenderweise.

Lars Gesicht hellte sich auf.

„…vorausgesetzt, Deine Eltern sind damit einverstanden", fügte er hinzu. „Wie heißt Du denn eigentlich?"

„Lars. Lars Nissen."

„Nissen? Heißt Deine Mutter mit Vornamen etwa Amelie?"

Lars nickte.

„Na, dann wird mir ja alles klar. Das Interesse an Wölfen scheint demnach erblich zu sein. Und Dein Vater?"

„Ich lebe allein mit meiner Mutter und meiner Oma."

„Ich will mal sehen, was Amelie dazu sagt", meinte Tom daraufhin. „Aber bis ich oder Deine Mutter Dir Bescheid gebe, bleibst Du dem Gehege fern, okay?"

„In Ordnung."

Lars strahlte vor Glück über das ganze Gesicht, bestand doch nun die Chance, dass sein sehnlichster Wunsch in Erfüllung ging:

Ganz nah bei den Wölfen zu sein.

**

Ein paar Tage später griff seine Mutter unvermittelt beim Mittagessen das Thema auf.

„Wie kommst Du eigentlich dazu, allein und ohne meine Erlaubnis zum Wolfsgehege zu gehen?"

„Aber ich kenne mich doch gut aus in dem Wald, Mama, und außerdem war ich vor den Tieren durch den Zaun geschützt", verteidigte sich Lars rasch.

Er hielt für einen Moment lang den Atem an.

Wie viel hatte Tom seiner Mutter erzählt? Hatte er ihr auch berichtet, dass er schon einmal *im* Gehege war?

„Du weißt genau, dass ich es nicht mag, wenn Du allein im Wald herumstromerst. Und so ein Gehegezaun kann auch mal ein Loch haben."

Lars atmete auf.

Sie wusste anscheinend nicht die ganze Wahrheit.

„Wofür habe ich Dir denn immer die Geschichte von Rotkäppchen und dem Wolf erzählt?", mischte sich jetzt auch noch Oma Rosa ein. „Hast Du denn gar nicht begriffen, wie gefährlich diese Tiere sind?"

„Du hältst Dich da raus!", fuhr Amelie sie böse an.

Beleidigt stand Rosa vom Tisch auf und verzog sich in ihren Lieblingssessel.

Amelie stocherte eine Weile mit der Gabel in ihrem Essen herum.

„Du interessierst Dich also wirklich für Wölfe, nicht wahr?"

Lars nickte.

Einen Augenblick lang schob sie ihr Essen unentschlossen hin und her. Dann stach sie mit ihrer Gabel energisch in ein Stück Kartoffel.

„Dann wird es wohl das Beste sein, wenn Du Tom bei seiner Arbeit hilfst."

Lars konnte sein Glück kaum fassen und fiel ihr um den Hals.

„Danke, Mama!"

„Aber Du musst mir versprechen, dass Du niemals alleine zum Gehege gehst!"

„Versprochen, Mama!"

„Bist Du wahnsinnig, Amelie", meldete sich da Rosa aus dem Hintergrund, die es nicht mehr auf ihrem Sessel hielt, „Du lässt den Jungen mit diesem Sonderling unter die Raubtiere? – Da kannst Du ihn ja gleich den Löwen zum Fraß vorwerfen!"

Aber Amelie blieb ruhig.

„Deine Ansichten über Wölfe sind hinlänglich bekannt", meinte sie trocken. „Und über Tom Smith übrigens auch."

Oma Rosa war kurz davor, ihrer Tochter auf diese Unverschämtheit ein paar passende Worte zu sagen.

Doch dann überlegte sie es sich anders. Wenn Amelie sich zu etwas entschieden hatte, war ohnehin jedes weitere Wort überflüssig.

„Ihr werdet schon sehen, was ihr davon habt",

grummelte sie stattdessen kaum hörbar.
Damit war die Sache geklärt.

**

Natürlich blieb es den anderen Dorfbewohnern
nicht lange verborgen, dass der Junge mit Tom zu
den Wölfen ging.
Und sie zeigten ihm nur zu deutlich, was sie davon
hielten.
Die Erwachsenen hörten auf, ihn zu grüßen und in
der Schule nannten ihn alle nur noch „Wolfskind".
Plötzlich stand er in den Pausen allein auf dem
Schulhof. Die Mädchen tuschelten abfällig, wenn er
in ihre Nähe kam und die Jungen wollten nicht mehr
mit ihm Fußball spielen.
Selbst sein bester Freund Ansgar wollte keine Zeit
mehr mit ihm verbringen.
„Du bist so komisch geworden, seitdem Du mit
diesem Tom zu den Wölfen gehst", behauptete er.
Lars war klar, dass ihm in Wirklichkeit wohl seine
Eltern ins Gewissen geredet hatten, nicht zu oft mit
dem „seltsamen" Jungen zu spielen.
Er hatte es gewagt, sich mit einem Außenseiter
anzufreunden, der im Pakt mit gefährlichen
Raubtieren zu stehen schien. Und das hatte ihn in
kürzester Zeit selbst zum Außenseiter werden
lassen.

Aber Lars war das alles egal. Sollten sie doch reden, was sie wollten.

Er konnte bei den Wölfen sein und das war die Hauptsache.

Schnell hatte Lars gelernt, wie er für Tom die Kamera mit dem Stativ aufbauen musste, wenn Tom wieder einmal filmen wollte. Und bald merkte er, dass man als Tierfilmer sehr gut beobachten können und zuweilen viel Geduld mitbringen musste, wollte man ein bestimmtes Verhalten festhalten.

Mittlerweile konnte er die einzelnen Tiere im Rudel schon recht gut unterscheiden. An erster Stelle waren da natürlich der Leitwolf und sein Weibchen, die Tom Pete und Carolin nannte. Neben Jack und Lea, die Lars ebenfalls schon ganz am Anfang kennengelernt hatte, gehörten noch zwei einjährige Wölfe zum Rudel, Shiva und Ron. Die beiden stammten aus dem letzten Wurf von Carolin und Pete, genauso wie Jack und Lea.

Schon seit Tagen war Tom und Lars aufgefallen, dass sich die Leitwölfin Carolin seltsam benahm. Immer wieder löste sie sich vom Rudel und war anscheinend auf der Suche nach etwas.

„Ich denke, sie ist trächtig", meinte Tom, „und sucht eine Höhle für ihren Nachwuchs."

„Dann bekommen wir also bald Wolfswelpen?"

Lars machte große Augen.

Tom lachte auf.

„*Wir* nicht, aber das Rudel schon, ja."

„Yippie!"

Lars sprang auf und vollführte einen spontanen Freudentanz.

Aber Tom dämpfte seine Ausgelassenheit.

„Freu Dich nicht zu früh. Carolin wird eine Weile mit den Welpen alleine in der Höhle bleiben. In dieser Zeit müssen wir sie in Ruhe lassen."

„Wie lange wird das sein?", fragte Lars.

„Etwa drei Wochen."

„So lange?"

Lars war enttäuscht.

Tom schmunzelte.

„Du wirst Dich wohl gedulden müssen."

**

Nachdem Carolin eine passende Höhle gefunden hatte, verschwand sie darin. Nur zum Fressen tauchte sie noch kurz am Höhleneingang auf.

„Tom, sieh mal", sagte Lars, „die anderen Wölfe legen Carolin das Futter vor den Höhleneingang."

„Ja, das ist normal", meinte Tom. „Auf diese Weise ist es der Wölfin möglich, sich in den ersten drei Wochen völlig auf ihren Nachwuchs zu konzentrieren."

Das Rudel hatte sich mittlerweile an die Nähe von Lars gewöhnt. Lars hatte von Tom gelernt, welche Laute ein Wolf zur Begrüßung anderer Rudeltiere von sich gibt und welche Verhaltensweisen er zeigt und wie Tom wurde nun auch er freudig von den Tieren empfangen.

Und dann, nach zwei Wochen, geschah das Außergewöhnliche. Tom und Lars hatten mal wieder die Kamera in der Nähe der Höhle aufgebaut, als Carolin heraus kam, zu Lars schaute und sich neben den Eingang setzte.
Sie schien ihn zu etwas auffordern zu wollen.
„Was will sie nur von mir?", flüsterte er zu Tom.
„Ich bin mir nicht sicher, aber ich meine fast, dass sie Dich dazu einlädt, ihren Nachwuchs zu begutachten", flüsterte Tom zurück.

„Meinst Du, ich soll wirklich...?", fragte Lars.
Tom zögerte einen Augenblick.
Wenn er das Verhalten von Carolin falsch eingeschätzt hatte, würde das Lars in eine ziemlich brenzlige Situation bringen. Und ihn auch.
Aber wie schon so oft warf er alle Bedenken über Bord und vertraute seinem Bauchgefühl.
„Ja, geh schon. Aber sobald Du merkst, dass die Wölfin unruhig wird, ziehst Du Dich zurück."
Lars nickte.

Langsam näherte er sich dem Höhleneingang, um jederzeit wieder den Rücktritt antreten zu können, wenn die Situation kippte.

Aber Carolin war ganz entspannt. Im Gegenteil. Als er kurz vor dem Eingang war, ging sie sogar noch ein Stück zur Seite.

Lars war klein genug, um in den ersten Teil der Höhle zu gelangen und von dort aus einen Blick in die Kinderstube zu erhaschen. In einer kleinen Mulde lagen dort vier winzige Welpen, noch blind und fast ohne Fell. Eng aneinander gekuschelt streckten sie ihm ihre kleinen Mäulchen entgegen. Lars war begeistert.

Er drehte mit seiner Handy-Kamera eine kurze Filmsequenz, dann trat er wieder den Rückzug an. Draußen vor dem Höhleneingang stand die Mutter, aber sie zeigte keinerlei Aggressivität.

Es war vielmehr so, als ob sie ihn fragen würde: „Na, sind sie nicht toll, meine vier Racker?"

Lars streichelte sie kurz, dann ging er zurück zu Tom, während sich Carolin in die Höhle verzog. Er strahlte über das ganze Gesicht wie ein Honigkuchenpferd.

„So wie Du aussiehst, muss ich wohl nicht mehr fragen, wie es war, oder?", lächelte Tom.

Lars schüttelte den Kopf und zeigte Tom den kurzen Film, den er in der Höhle gedreht hatte.

„Gute Arbeit, Lars. Das nehme ich auf jeden Fall mit

zu meinem Dokumentationsmaterial über das Rudel", meinte er.

Lars platzte fast vor Stolz.

**

„Moin, Frau Jessen."
Amelie stand wie jeden Vormittag hinter der Theke der kleinen Dorfbäckerei.
„Moin, Frau Nissen."
„Wie immer?"
Frau Jessen nickte.
Sie war Stammkundin hier und Amelie wusste, dass sie jeden Morgen ein Steinofenbrot, in Scheiben geschnitten, und vier Brötchen kaufte.
Während Amelie damit beschäftigt war, das Brot in die Schneidemaschine zu legen und danach alles zu verpacken, sagte Frau Jessen:
„Man hört ja jetzt, dass der Tom da draußen Hilfe bekommen hat."
Natürlich wusste Frau Jessen, dass Lars diese Hilfe war – und Amelie wusste, dass sie es wusste. Also warum um den heißen Brei herum reden?
„Ja, der Lars ist ganz begeistert von der Tierfilmerei. Und die beiden verstehen sich wohl auch ganz gut."
„So, so. - Hat er denn gar keine Angst vor dem Raubzeug?"

„Nein. Er meint, die Wölfe würden ihn mittlerweile kennen und ihn wie so eine Art Rudelmitglied ansehen."

„Und Sie? Haben Sie denn gar keine Angst, dass etwas passiert?"

Amelie schüttelte den Kopf.

„Nein, wieso? Tom kennt sich gut mit den Tieren aus und ich denke, er weiß, was zu tun ist, wenn Lars tatsächlich einmal in Gefahr geraten würde."

„Ich verstehe Sie nicht, Frau Nissen", meinte Frau Jessen kopfschüttelnd. „Der Wolf ist der Feind des Menschen, schon von Urzeiten an. Wenn er die Gelegenheit dazu bekommt, tötet er ihn. Und wer von ihm nicht angegriffen wird und gar als Freund akzeptiert wird, der kann nicht ganz normal sein…"

„Nun ist aber mal gut, Frau Jessen."

Amelie musste sich beherrschen, um die Kundin nicht noch gröber anzufahren.

„Schließlich stammen unsere Hunde auch von Wölfen ab. So schlimm kann es also nicht um sie bestellt sein."

„Wie Sie meinen", antwortete Frau Jessen spitz. Offensichtlich war sie enttäuscht darüber, dass Amelie so gar nicht ihrer Ansicht war.

Wortlos legte sie den passenden Geldbetrag für ihren Einkauf auf die Theke und verließ den Laden.

**

Man muss schon hundertprozentig von seiner eigenen Meinung überzeugt sein, wenn man ihr treu bleiben will, obwohl viele Leute um einen herum das Gegenteil behaupten.

Amelie hatte Lars zwar die Erlaubnis gegeben, mit Tom bei den Wölfen zu sein und eigentlich vertraute sie auch darauf, dass Tom gut auf ihren Jungen aufpassen würde. Aber war es nicht doch eine gewagte Entscheidung, die Lars in Gefahr bringen konnte?
Rosa war davon jedenfalls fest überzeugt und ließ keine Gelegenheit aus, ihrer Tochter ins Gewissen zu reden.
Und die Saat des Zweifels ging schließlich auf.
Amelie beschloss, Tom und Lars im Gehege zu besuchen. Allerdings sollten sie davon nichts bemerken, damit sie die normale Arbeit der beiden beobachten konnte, ohne dass sie die Gelegenheit dazu erhielten, sich zu verstellen.
So parkte sie ihren Wagen eine ganze Ecke weit weg von Toms Hütte und ging die restliche Viertelstunde des Weges zu Fuß, um durch Autogeräusche keine Aufmerksamkeit zu erregen.
Am Gehege angekommen, versteckte sie sich hinter einem großen Gebüsch, von dem aus sie einen guten Blick auf die Wölfe hatte.

Lars war gerade dabei, die Kamera auf dem Stativ zu befestigen. Anscheinend hatte er das schon öfter gemacht, denn innerhalb kürzester Zeit war alles aufgebaut.

Die Wölfe hatten soeben gefressen. Die Überreste ihrer Mahlzeit waren noch zu erkennen und die Tiere fläzten sich satt und müde in der Mittagssonne. Sie schienen von Tom und Lars überhaupt keine Notiz zu nehmen.

Alles war friedlich.

Amelie sah, wie Tom auf einen der Wölfe zeigte und Lars dabei etwas erklärt. Lars hörte ihm gespannt zu und sein Gesichtsausdruck zeigte ihr, dass er begeistert bei der Sache war.

Und plötzlich schämte sich Amelie.

Warum hatte sie sich von den anderen nur irre machen lassen?

Natürlich hatte Tom alles im Griff und ihr Sohn genoss sichtlich die Zeit mit ihm. Sie ahnte, wie wichtig diese Stunden hier draußen mit Tom für ihn waren. Vielleicht war er ja sogar ein Stück Vaterersatz für ihn – für den Vater, der Lars und sie schon vor Jahren verlassen und den Kontakt sowohl zu ihr als auch zu Lars völlig abgebrochen hatte.

Eine Weile lang noch blieb Amelie hinter ihrem Gebüsch sitzen, dann machte sie sich beruhigt auf den Heimweg.

Als am nächsten Tag die Tür in der Bäckerei aufging, stand dort nicht Frau Jessen, sondern Tom Smith. Für einen Moment dachte Amelie, er wäre zu ihr zum Einkaufen gekommen, doch seine polternde Stimme zerstörte diese Illusion bald.

„Wie kommen Sie eigentlich dazu, Lars und mich heimlich bei unserer Arbeit zu beobachten?", hallte es durch den Raum, in dem sich glücklicherweise in diesem Moment kein anderer Kunde befand. Und wie um die Antwort auf ihre Frage vorwegzunehmen, wie er darauf komme, knallte er einen Kettenanhänger auf die Ladentheke. Es war der kleine silberne Flügel, den sie immer um ihren Hals trug und den sie heute Morgen schon vermisst hatte.

Sie fühlte sich ertappt und wich seinem wütenden Blick aus.

„Ich wollte nur mal sehen, wie es meinem Jungen bei den Wölfen dort draußen geht", sagte sie kleinlaut.

Die Sorge um ihr Kind schien für Tom eine plausible Erklärung für ihr Verhalten zu sein, denn in deutlich ruhigerem Ton, wenn auch nicht ohne Schärfe, meinte er: „Das ist ja auch Ihr gutes Recht. Allerdings hätten Sie mir vorher Bescheid sagen können, dass sie kommen. So viel Vertrauen in meine Arbeit hätte ich von Ihnen schon erwartet."

Und damit drehte er sich einfach um und ließ

Amelie mit ihren Schuldgefühlen zurück.
Denn Tom hatte ja Recht, sie hätte sich nicht wie
eine Diebin an das Gehege heranschleichen sollen.

Sie beschloss, sich bei ihm zu entschuldigen.

**

Es war 18 Uhr, als sie den Laden abschloss. Draußen
war die Wintersonne bereits untergegangen und
die Nacht begann, sich auf das kleine Dorf zu legen.
Amelie stieg in ihren Wagen und fuhr die paar
Kilometer herüber zum Wolfsgehege. Diesmal
parkte sie am Tor, direkt hinter Toms Auto.

Aus der nahen Hütte fiel das Licht sanft auf den
Waldweg und ließ eine Schattenlandschaft aus
Ästen und Bäumen entstehen.
Zögernd stieg Amelie aus.
Plötzlich war sie sich nicht mehr so sicher, ob es
eine gute Idee war, sich bei Tom zu entschuldigen.
Schließlich galt er als unberechenbarer Außenseiter
und sie fürchtete einen erneuten Wutausbruch.
Zaghaft klopfte sie ans Tor. Nichts geschah. Noch
konnte sie einfach umdrehen.
Aber alleine der Gedanke daran machte sie über
sich selbst zornig. Seit wann ließ sie sich so leicht
einschüchtern?

Sie nahm all ihren Mut zusammen und schlug heftig auf das Tor ein. Ein leichtes Knarren im Hintergrund verriet ihr, dass die Hüttentür geöffnet wurde. Tom trat aus dem Schatten ins Licht, das aus den Fenstern strömte.

Als er sie erkannte, öffnete er wortlos das Tor.

„Guten Abend", sagte sie, „darf ich reinkommen?"

Er nickte und ließ sie die Hütte betreten.

„Was gibt´s?", meinte Tom nur, während er mit dem Rücken zu ihr in einem Topf auf dem Herd herumzurühren begann.

Verlegen kaute sie auf ihrer Unterlippe.

„Ich wollte mich entschuldigen, für meinen heimlichen Besuch gestern."

„Aha, die reuige Sünderin."

Der süffisante Ton seiner Worte war nicht zu überhören.

Er hatte ihr immer noch den Rücken zugewendet. Für sie machten seine Worte deutlich, dass er nicht zur Versöhnung bereit war.

„Ich habe Ihnen etwas mitgebracht", versuchte sie es trotzdem nochmal und hielt ihm eine Flasche echten Scotch Whisky unter die Nase.

Er blickte nur kurz auf, nahm die Flasche und stellte sie auf den Tisch. Dann kehrte er zum Herd zurück und es herrschte wieder Schweigen.

Amelie trat nervös von einem Bein auf das andere. Ihr fiel nichts mehr ein, was sie in dieser feindlichen Atmosphäre noch hätte sagen können. Anscheinend hatte er nicht im Geringsten vor, ihre Entschuldigung zu akzeptieren.

„Ich geh dann mal wieder", meinte sie daher.

Tom drehte sich um und sah, wie sie sich in Richtung Tür bewegte.

„Nein, nein, warten Sie!", rief er für sie völlig überraschend. „Sie müssen ja sonst was von mir denken. - Wissen Sie, ich lebe schon so lange alleine mit den Wölfen, dass ich wohl etwas die Umgangsformen verlernt habe."

Es klang ehrlich und ihr fiel ein Stein vom Herzen. Sie hatte sein Verhalten wohl falsch interpretiert. Er lächelte sie entschuldigend an.

„Schon okay", meinte sie.

„Haben Sie Lust, heute Abend mit mir zusammen zu essen, sozusagen als kleines Zivilisationstraining?", fragte er verschmitzt.

„Was gibt´s denn?"

„Gulaschsuppe."

Sie ging zum Herd herüber und schnupperte am Topf.

„Mmh – das riecht lecker."

„Und das ist auch lecker", meinte er im Ton tiefster Überzeugung.

Er rührte noch eine kurze Weile im Topf herum, dann setzte er das dampfende Gefäß auf den Tisch und verteilte Schüsseln und Besteck.

Er reichte ihr die Kelle herüber.

„Ladies first", grinste er.

Es war wirklich lecker und Amelie lobte seine Kochkünste.

„Tja, erstaunlich, aber wahr, auch Männer können kochen."

„...wenn sie denn müssen", ergänzte Amelie.

Seine braunen Augen leuchteten für einen Moment lang amüsiert auf. Ihre Schlagfertigkeit schien ihm zu gefallen.

„Was halten Sie davon, wenn wir beide noch den Whisky probieren? – Alleine schmeckt´s nur halb so gut."

Sie zuckte mit den Schultern.

„Ja, warum eigentlich nicht."

Tom füllte zwei Gläser und beide genossen die dunkle Flüssigkeit.

„Nicht übel", lobte Tom.

„Der stammt noch aus den Altbeständen meines Ex-Mannes, die er nicht mitgenommen hat, als er uns Hals über Kopf verließ."

Sie sagte das so beiläufig, als ob sie über das Wetter reden würde.

Tom forschte einen Moment lang in ihrem Gesicht nach Resten von Trauer oder Enttäuschung, doch da gab es nichts zu entdecken.

„Das war sicher schwer für Sie und Lars", meinte er dann auch eher feststellend als bemitleidend.

Sie winkte ab.

„Nur am Anfang. Man gewöhnt sich irgendwann dran."

„Wie alt war Lars eigentlich, als Ihr Mann Sie verlassen hat?", wollte Tom wissen.

„Vier Jahre."

„Na, dann hat er sicher kaum mehr Erinnerungen an ihn", meinte er leichthin.

„Das dachte ich auch", erwiderte sie nachdenklich, „aber ein Bild von ihm steht immer noch auf seinem Schreibtisch. Und ab und an erzählt er von Erlebnissen, die ich schon längst vergessen habe."

Tom nickte bedächtig.

„Wer kennt schon wirklich die Abgründe einer Seele? Sie scheint so ziemlich das Komplizierteste zu sein, was es gibt auf Erden – und dabei meine ich nicht nur die menschliche Seele."

Sie stutzte.

„Sie wollen doch wohl nicht die Seele von Menschen mit der von Wölfen vergleichen?"

„Doch, warum denn nicht?"

Amelie sah ihn ungläubig an.

„Weil sich bei den Wölfen alles nur um das Fressen und die Jagd, die Vermehrung und die Rangordnung im Rudel dreht."

„Ja und, ist das bei Menschen denn im übertragenen Sinn nicht genauso?"

Sie war sich nicht sicher, ob er das ernst meinte oder sie nur provozieren wollte.

„Im ganz entfernten Sinn vielleicht. Aber wir haben uns schon lange aus der Steinzeit entfernt und sind Vernunftwesen geworden."

Tom lehnte sich weit in seinem Stuhl zurück und blickte durch ein Fenster hinaus auf das Wolfsrudel, in das mittlerweile die Nachtruhe eingekehrt war.

„Ich würde Ihnen noch gerne eine Geschichte von einem besonderen Wolf erzählen. Eine Geschichte, die ich vor vielen Jahren bei meiner Arbeit im Yellowstone Nationalpark in den USA erlebt habe."

„Was hält Sie davon ab?"

Er zögerte.

„Es ist eine sehr, sehr lange Geschichte und es ist schon spät geworden. Eigentlich Zeit für Sie, nach Hause zu fahren."

Sie sah in sein ernstes, wettergegerbtes Gesicht mit der lang gezogenen, schmalen Nase und den braunen Augen, aus denen ihr jetzt eine große Wärme entgegen strahlte.

Sie lächelte und berührte leicht seine rechte Hand, die auf dem Tisch lag.

„Wir sollten uns duzen", sagte sie nur.

**

Sie strich ihm sanft eine Haarsträhne aus dem schweißnassen Gesicht.

„Du wolltest mir doch eigentlich eine lange Geschichte erzählen", meinte sie in gespielt vorwurfsvollem Ton.

Er grinste.

„Da ist uns wohl etwas dazwischen gekommen…"
Er drehte sich zu ihr und stützte seinen Arm auf
dem Kissen ab. Sie musste aufpassen, dass sie durch
seine plötzliche Bewegung nicht aus dem schmalen
Bett fiel.

„Noch ist es nicht zu spät dazu."
Erwartungsvoll sah sie ihn an.

„Also gut", begann er.

„Ich war damals im Yellowstone National Park damit
betraut, alle Wölfe, die über ein Jahr alt waren, mit
einem Peilsender auszustatten. Ein Kollege und ich
flogen das Gebiet mit einem Hubschrauber ab und
versetzten den Tieren einen Betäubungsschuss, um
sie anschließend mit dem Sender versehen zu
können. Irgendwann geriet uns ein schwarzer Wolf
vor die Linse, er muss damals so um die zwei Jahre
alt gewesen sein. Ich kannte das Tier von einem
Rudel, deren Alphatiere ich markiert hatte. Es
waren seine Großeltern, seine Mutter war eine
ihrer Töchter. Schon als Welpe fiel er mir durch sein
andersartiges Verhalten auf. Die Welpen raufen
normalerweise gerne miteinander, was irgendwann
dann zu einer Rangfolge unter ihnen führt. Nicht so
der schwarze Wolf. Er wollte nur spielen und seine
ganze Zeit am Fluss verbringen oder sich die
Abhänge herunterrollen lassen. Er schien sein Leben
unbeschwert in vollen Zügen genießen zu wollen.
Irgendwann drang dann ein anderes Wolfsrudel in

das Revier seiner Großeltern ein.

Wenn Wölfe ein fremdes Gebiet erobern wollen, versuchen sie zunächst, das männliche Alphatier zu töten, denn der Herdenchef ist derjenige, der das alleinige Paarungsrecht hat und die Gruppe zusammenhält. Da das Rudel vom schwarzen Wolf im Gegensatz zu dem der Eindringlinge relativ klein war, hatten die Leittiere keine Chance.

Die fremden Wölfe töteten seinen Großvater und auch die Alphawölfin starb im Kampf um die Verteidigung des Reviers. Der schwarze Wolf, seine Geschwister und seine Mutter konnten fliehen und waren nun auf sich selbst angewiesen.

Der schwarze Wolf war damals knapp ein Jahr alt und manchmal denke ich, dass es ein traumatisches Ereignis für ihn gewesen sein muss.

Die Mutter jedenfalls schaffte es nicht, allein all ihre Jungwölfe zu versorgen und war auf der verzweifelten Suche nach einem Rüden. Zu ihrem Glück fand sie schließlich einen recht zuverlässigen Jäger, der das Überleben des Rudels sicherte. Es begann noch einmal eine schöne Zeit für den schwarzen Wolf.

Doch genau wie alle anderen Wolfsrüden musste sich auch der Schwarze dem Gesetz der Natur unterwerfen, das sie im Alter von etwa zwei Jahren dazu zwingt, ihr Rudel zu verlassen, um sich zu paaren.

So begab er sich also auf Wanderschaft.

Auf seiner Reise traf er auf eine relativ große Gruppe von Wölfen, die in der Nähe der Yellowstone Park Street ihr Revier hatte. Auf Grund der Größe des Rudels gab es eine Menge paarungswilliger Weibchen. Klammheimlich schlich sich der schwarze Wolf in das fremde Gebiet und bandelte mit verschiedenen Weibchen an. Das wurde von den Alphatieren natürlich bald bemerkt und sie nahmen seine Verfolgung auf.

Eindringlinge werden normalerweise getötet, wenn sie nicht erfolgreich fliehen können.

Aber was machte der Schwarze? Erst versuchte er, die Aggression des Alphatieres zu stoppen, indem er sich unterwürfig zeigte. Als das nichts nutzte, floh er zur Yellowstone Park Street, die für die Wölfe in der Regel wie ein unberührbares Gebiet ist, eine eiserne Reviergrenze, denn hier sterben regelmäßig Wölfe bei Autounfällen. Das Alphatier ließ daher von ihm ab.

Das schien für den Schwarzen die Bestätigung zu sein, dass er die richtige Strategie gewählt hatte. In der Folgezeit suchte er nämlich immer auf die gleiche Weise die Wölfinnen auf und paarte sich sogar mit einigen von ihnen. Im Ernstfall zog er sich dann auf die Straße zurück.

Das Erstaunliche dabei war, dass er nicht die geringste Ambition hatte, das Rudel zu übernehmen, so wie das bei anderen eindringenden Wölfen sonst der Fall war.

Ob ihn wohl seine Kindheitserlebnisse davon abschreckten?

Es schien fast so, denn als die Alphatiere des Rudels altersbedingt starben, übernahm er nur kurz die Führung des Rudels. Ein anderer Wolf, übrigens ein jüngerer Bruder von ihm, drang in das Gebiet ein und beanspruchte die Position des Alphatieres für sich – und der Schwarze ließ ihn kampflos gewähren.

Dabei jagte er für das Rudel wie ein Leittier und als ein weiterer Eindringling die Weibchen des Rudels aufsuchte, war er es, der ihn vertrieb. Trotzdem musste er sich natürlich seinem Bruder unterordnen, denn der war ja der Chef der Gruppe. Eine Zeit lang spielte er dieses Spiel mit, aber irgendwann wollte er sich dann doch nicht mehr damit arrangieren.

Im für Wölfe fortgeschrittenen Alter von acht Jahren machte er sich auf die Suche nach einem neuen Revier, nach einer eigenen Partnerin. Er schloss sich einer kleinen Gruppe von Jungwölfen an, deren Leittier er alsbald wie von selbst wurde.

Die Meute erreichte nach einer Weile ein Plateau, das noch von keinem anderen Rudel in Anspruch genommen wurde und auf dem nur eine ältere Wölfin mit ein paar Jungtieren lebte. Er nahm das Weibchen zu seiner Partnerin und wurde auch von den neuen Wölfen schnell und ohne weitere Auseinandersetzung als Leitwolf akzeptiert.

In dem Jahr, in dem sein erster als Leitwolf gezeugter Wurf geboren wurde, machte er sich einmal mehr auf, die Grenzen seines Reviers abzulaufen.

Er kehrte nie wieder zurück.

Wahrscheinlich hatte sein Leben im Kampf mit eindringenden feindlichen Wölfen sein Ende gefunden, gegen die er sein Rudel verteidigen wollte.

Er war stolze 10 Jahre alt geworden, während die normale Lebenserwartung von Wölfen im Nationalpark nur bei 5 Jahren liegt. Seine Taktik, sich erst so spät an die Spitze eines Rudels zu setzen, hatte ihm dieses lange Leben beschert."

Eine Weile noch lauschte Amelie dem Klang seiner Worte nach.

„Eine faszinierende Geschichte", meinte sie schließlich.

„Ja", erwiderte Tom, „eine von vielen. Und ich frage mich oft, wie viele es von ihnen noch braucht, bis wir diese Tiere endlich achten und respektieren."

Plötzlich drehte sich Amelie zu ihm um.

„Aber so lang war die Geschichte doch eigentlich gar nicht, dass Du sie nicht gestern Abend noch hättest erzählen können."

In seinen Augen blitzte es schelmisch auf.

„Doch, für gestern Abend war sie viel zu lang für zwei so Verliebte wie uns."

„Du Gauner!", lachte sie und warf ihr Kissen in Richtung seines Kopfes, das er aber noch rechtzeitig abfing.

„Wäre es Dir lieber gewesen, ich hätte sie Dir gestern Abend erzählt?", fragte er sie in ernstem Ton.

Anstatt zu antworten nahm sie seine Hand und strich zärtlich über die raue Haut seiner Finger.

**

Schon den ganzen Tag über trieben sich die Wölfe des Rudels vor der Höhle herum und auch Carolin war auffällig oft draußen zu sehen.

„Was hat das zu bedeuten?", fragte Lars Tom, der gerade wieder einmal dabei war, seine Kamera in Position zu bringen.

„Das kann nur eins heißen – heute kommen die Welpen das erste Mal aus ihrem Bau."

Und tatsächlich.

Gegen Mittag sah man das erste Wollknäuel ins Tageslicht tapsen und innerhalb der nächsten Viertelstunde wagten auch die anderen drei Kleinen den Schritt in die große weite Welt. Aber die neuen Eindrücke waren wohl so überwältigend, dass sie schon bald darauf den Rückzug antraten.

„Schade, dass sie schon wieder weg sind", bedauerte Lars das schnelle Verschwinden der kleinen Bande.

„Keine Sorge", tröstete ihn Tom, „sie werden jetzt jeden Tag nach draußen kommen und immer etwas länger vor der Höhle bleiben."
Schon bald tollte die kleine Meute ausgelassen im Schutz der Mutter herum.
Aber ab dem Zeitpunkt, an dem sie den Bau zum ersten Mal verlassen hatten, war nicht mehr nur Carolin für ihre Erziehung zuständig.
Allen Tieren schien es nun wichtig zu sein, sich möglichst viel mit dem Nachwuchs zu beschäftigen.
Besonders Jack hatte einen Narren an den Kleinen gefressen. Er wurde niemals müde, mit ihnen herumzutollen und passte auf, dass ihnen nichts geschah.

Da die Welpen Lars und Tom von Anfang an als Rudelbegleiter kennengelernt hatten, verloren sie innerhalb kürzester Zeit ihre Scheu vor ihnen und liefen auf sie zu.
Lars wusste nicht, wie er sich verhalten sollte.

„Du kannst ruhig zu ihnen gehen und mit ihnen spielen. Carolin vertraut Dir", meinte Tom.
Also begann Lars, mit ihnen über die Wiese zu tollen, rollte mit ihnen die Abhänge hinunter und kraulte sie am Bauch, allerdings immer unter der strengen Aufsicht der Mutter – und von Jack, der für sich wohl die Rolle des Babysitters entdeckt hatte.

Ihm schien die Art zu gefallen, wie Lars mit den Kleinen umging. Manchmal spielten sie beide mit den Welpen und bald schon wurde Lars von ihm stürmisch begrüßt, wenn er sich dem Rudel näherte.

„Scheint so, als ob Du einen neuen Freund gewonnen hast", zwinkerte Tom Lars zu.
„Und Jack auch", erwiderte Lars stolz.

**

Einmal mehr hatte Tom Lars mit seinem Auto bis an den Dorfrand gebracht, wo Lars ausstieg und das letzte Stück zu Fuß ging.
Natürlich war beiden klar, dass das Dorf mittlerweile von ihrer Zusammenarbeit wusste.
Aber wie nah sie sich standen, konnte keiner wissen und Tom erschien es ratsam, ihre Freundschaft nicht in aller Öffentlichkeit zu zeigen, um Lars nicht noch mehr zu isolieren.
Schließlich wusste Tom um seine Position als Außenseiter und kannte das Gerede der Leute nur zu gut.

Es war spät geworden heute. Später als eigentlich beabsichtigt. Die Straßenlaternen waren bereits angegangen und in den meisten Häusern saßen die Familien beim Abendbrot.

Lars hatte schon die Hälfte des Weges nach Hause hinter sich gebracht, als er vor sich eine Gruppe von Jugendlichen an der nächsten Hausecke stehen sah. Er kannte sie flüchtig von seiner Schule.

Er sah ihre Augen auf sich gerichtet und bekam ein komisches Gefühl in der Magengegend.

Als er an ihnen vorbeiging, folgten sie ihm. Er hörte ihre Schritte auf dem Asphalt hinter sich.

Sie kamen immer näher.

Er zwang sich, nach vorne zu schauen, sich nicht nach ihnen umzudrehen, so zu tun, als ob alles normal wäre. Doch er konnte förmlich spüren, wie sich ihre Aggression hinter seinem Rücken aufstaute.

Es war nur eine Frage der Zeit, bis sie sich entladen würde.

„Hey, Wolfskind, heul mal für uns den Mond an", rief schließlich einer.

Die anderen lachten und versuchten, das Wolfsheulen nachzumachen.

„Na los, heul für uns!", meldete sich wieder die erste Stimme, die nunmehr dicht hinter ihm zu sein schien.

Lars sagte nichts, blickte nur stur geradeaus und versuchte, seine Schritte möglichst unauffällig zu beschleunigen.

„Och, ich glaube, er mag uns nicht!", fiel eine andere Stimme ein.

„Meinst Du, er zeigt uns seine Wolfszähne, wenn wir ihn mal ordentlich knuffen?", hörte er jemand anderen weiter hinten sagen.

„Es wäre einen Versuch wert. Na los!"

Lars spürte einen Faustschlag in seinem Rücken.
Wut stieg in ihm auf und weckte den Wunsch,
sofort zurückzuschlagen.

Aber gleichzeitig war da auch eine gehörige Portion
Angst, die angesichts der Überzahl der Jugendlichen
wohl auch ihre Berechtigung hatte. Sein Verstand
sagte ihm, dass es zwecklos wäre, sich zu wehren.
Denn sie waren ihm nicht nur zahlenmäßig, sondern
auch kräftemäßig überlegen. Ihm blieb nur die
Flucht, wollte er nicht eine handfeste Schlägerei
riskieren, in der er garantiert den Kürzeren ziehen
würde.

Also nahm er seine Beine in die Hand.

„Ja gibt's denn so was? Ein Wolf, der wegrennt!",
frotzelte einer. Alle lachten.

Als Lars die nächste Straßenecke erreicht hatte und
sich umdrehte, atmete er erleichtert auf. Die
Gruppe hatte wohl keine Lust gehabt, hinter ihm
her zu rennen.

Dieses Mal war noch alles gut gegangen.

Aber er müsste in Zukunft besser aufpassen und
zusehen, dass er nicht wieder so spät nach Hause
kam.

**

„Wer ist eigentlich der Anführer der Welpen?",
fragte Lars, als sie mal wieder den Nachwuchs
beobachteten.
„Noch gibt es kein Leittier unter den Kleinen",
meinte Tom. „Die Hauptaufgabe der Welpen ist es
im Moment zu fressen, zu wachsen und zu spielen."
„Dann wäre ich lieber Welpe als Kind", meinte Lars
spontan.
Tom lachte.
„Aber Deine Kindheit wäre viel kürzer. Sie sind
schließlich schon mit etwa 10 Monaten erwachsen.
Außerdem – im Laufe dieser Zeit entsteht auch
eine Rangfolge unter den Welpen. Und
interessanterweise lässt sich schon jetzt am
Charakter der Tiere erkennen, wie die wohl
aussehen wird. - Was meinst Du, wer wird wohl der
Chef bei den Kleinen und wer bekommt die
unterste Position?", fragte Tom.
Lars zögerte.
„Na los, schau sie Dir genauer an. Ich bin sicher, Du
kannst es erahnen."
Lars Blick wanderte über das Gewusel aus
Welpenkörpern. Alle spielten und tollten herum,
mal lag das eine Tier über dem anderen, mal
umgekehrt. Unmöglich, hier schon eine künftige
Rangfolge auszumachen. Und doch…
Je länger Lars die Gruppe beobachtete, desto mehr

Unterschiede fielen ihm auf. Einer der Welpen war besonders aggressiv, drängte die anderen immer weg, wenn es ans Fressen ging und versuchte auch sonst, sich durchzusetzen.

„Ich glaube, der dort wird ihr Chef", sagte er zu Tom und zeigte mit dem Finger auf den ungestümen Welpen.

Tom nickte zustimmend.

„Was hältst Du davon, ihn Master zu nennen?", fragte Lars.

„Ja, okay. – Und wer wird am Ende der Fahnenstange stehen?"

Wieder wanderte Lars Blick über die Kleinen. Es war nicht zu übersehen, dass ein weibliches Jungtier meistens abseits stand und das Geschehen nur aus sicherer Ferne beobachtete.

Sie schien von Natur aus sehr ängstlich zu sein und erinnerte Lars an die bereits einjährige Lea aus dem vorigen Wurf der Leitwölfe.

„Die Kleine da am Rand der Gruppe", antwortete er deshalb.

„Ja, das denke ich auch", seufzte Tom. „Aber vielleicht ändert sie ihr Verhalten ja noch bis sie erwachsen ist und erkämpft sich eine normale Rangposition. Ich hoffe es jedenfalls sehr. Es ist immer traurig mit anzusehen, wie die anderen Wölfe ein Omega-Tier behandeln. Ich hoffe, das Schicksal von Lea bleibt ihr erspart."

Sie nannten die Kleine in Anlehnung an Lea Leandra.

**

Das Leben ist nicht fair und Leandra gehörte zu den
Lebewesen, die dies schon von Geburt an zu spüren
bekommen.
Sie wurde als der letzte Welpe von insgesamt vieren
geboren und war am schwächsten. Alle anderen
hatten sich bereits mit Milch satt gesogen, als sie es
endlich schaffte, bis zu den Zitzen der Wölfin zu
gelangen. Aber die anderen drei waren nicht bereit,
auch nur ein bisschen Platz für Leandra zu machen.
Und sie waren derart kräftig und schwer, dass sie es
nicht schaffte, sie zur Seite zu drängen. Sie hatte
nur Glück, dass nicht noch mehr Welpen geboren
worden waren, sonst wäre sie überhaupt nicht zur
Milchquelle gelangt. Doch so waren noch einige
Zitzen frei, die ihr das Überleben sicherten, wenn es
auch gerade diejenigen waren, die weniger prall mit
Milch gefüllt waren.
Es war daher kein Wunder, dass Leandra nach jeder
Mahlzeit hungrig blieb und nur langsam schwerer
wurde, während die anderen Welpen schnell an
Gewicht und Muskelkraft zunahmen.

Und sie gewöhnte sich an die seltsamsten Dinge.
Sie gewöhnte sich daran, von den anderen immer
zur Seite gedrängt zu werden. Sie begann zu
akzeptieren, dass sie mit dem Fressen zuletzt dran
war, dass es ihr Schicksal war, hungrig zu bleiben,

dass sie kein Recht dazu hatte, mit den anderen zu spielen, dass ihr Platz außerhalb des Rudels war. Und sowohl der Leitwolf als auch dieser aggressive Master aus ihrem Wurf machten ihr durch Bisse nur allzu deutlich, dass sie dort gefälligst auch zu bleiben hatte.

Traurig sah sie den anderen beim Herumtoben zu. Mit ihnen mitzuspielen hatte sie schon längst aufgegeben.

Vielleicht hätte sie sich überhaupt nicht vernünftig entwickelt, wäre da nicht dieser große, gutmütige Wolf gewesen, den die Menschen Jack nannten.

Er war es, der sie aufforderte, sich zumindest einen kleinen Anteil von den gemeinsamen Beutetieren zu holen.

Und er war es, der immer wieder auf sie zukam und mit ihr spielte.

Sie konnte es anfangs gar nicht fassen, dass er tatsächlich mit ihr spielen wollte und sie nicht sofort mit Bissen vertrieb. Wenn er da war, blühte sie auf und konnte manchmal sogar richtig frech werden. Aber Jack nahm ihr das nie übel.

Nur dass er immer wieder versuchte, sie zu den anderen Welpen zu treiben, um mit ihnen zu spielen, konnte sie nicht verstehen. Wusste er denn nicht, dass sie dazu verdammt war, außerhalb der Gruppe zu stehen?

Sie wurde ja doch nach einiger Zeit wieder gebissen

und vertrieben. Jack stellte sich zwar zunächst zwischen sie und die anderen Welpen, aber wenn dann schließlich Master kam und sie biss, zog auch er sich seltsamerweise zurück.

Und Master beendete jedes Mal ihre Spielversuche.

Also wozu das alles?

Die Wochen zogen ins Land und eines Tages geschah etwas Sonderbares.

Die Meute machte sich einmal wieder über ein Stück Beute her und Leandra wartete ab, bis alle gefressen hatten. Dann preschte sie schnell zum Kadaver und riss sich ein gutes Stück Fleisch heraus, mit dem sie rasch verschwand, ehe die anderen sie noch vertreiben konnten.

Normalerweise ließen sie Leandra in solchen Fällen auch in Ruhe, aber diesmal folgte ihr Ron, der einjährige Rüde aus dem vorigen Wurf von Pete und Carolin. Er gönnte es ihr anscheinend nicht, dass sie einen besonders fetten Happen erwischt hatte und wollte ihn ihr entreißen.

Sie wusste auch nicht, was in sie gefahren war, aber nun ließ sie es nicht einfach geschehen, dass ein anderer Wolf mit ihr machte, was er wollte.

Sie hatte sich an die Regeln gehalten. Sie hatte so lange gewartet, bis alle gefressen hatten und sich dann erst ihren Anteil geholt.

Niemand stand dieser Brocken zu außer ihr.

Wütend fuhr sie herum und fletschte die Zähne.

Ron tat das Gleiche, aber Leandra ließ sich nicht von ihm beeindrucken. Ohne noch länger abzuwarten, fügte sie Ron ein paar schmerzhafte Bisse zu. Er schnappte ein paar Mal zurück, doch ihre Wut hatte sie zu einer rasenden Furie werden lassen und innerhalb kürzester Zeit zog Ron sich zurück.

Verblüfft blickte Leandra ihm nach.

Sie hatte sich durchgesetzt.

Sie konnte es erst gar nicht richtig fassen.

Stolz verschlang sie ihren Anteil an der Beute.

Und wieso sollte sie eigentlich immer warten, bis dieser Ron gefressen hatte, wenn sie ihm doch im Kampf überlegen war?

Es dauerte nicht mehr lange und sie fraß vor ihm.

Keiner der anderen griff ein.

In dem Maße, wie sie sich gegenüber den anderen durchsetzte, stieg ihr Selbstbewusstsein.

Es kam der Tag, an dem sie sich wagte, mit den Wölfen ihres Wurfs den Berg herunter zu rollen.

Und keiner vertrieb sie.

Irgendetwas war mit ihr geschehen und im Gegensatz zu früher zog sie nur noch gelegentlich den Kürzeren.

So zum Beispiel als sie sich an einem sonnigen Tag auf den großen Stein vor Toms Hütte legte, von dem aus man einen herrlichen Überblick über die Lichtung und das Rudel hatte.

Das aber gefiel Shiva nicht, der einjährigen Wölfin

des Rudels, die diesen Platz oft selbst aufsuchte. Mit gesträubtem Fell und wildem Knurren ging sie auf Leandra los und ein wilder Kampf entbrannte. Nun war Leandra zwar in der letzten Zeit kräftiger und geschickter geworden, aber Shiva war schon ein Jahr alt und die stärkste Wölfin des vorigen Wurfs.

Leandra erkannte, dass sie den Kampf nicht gewinnen konnte und zog sich zurück, um ihre Wunden zu lecken.

Immerhin, sie hatte gekämpft.

Aber nicht nur Leandra hatte sich in den letzten Monaten verändert.

Der aggressive Master war noch dominanter geworden, als er ohnehin schon immer war. Im Alter von 10 Monaten konnten Lars und Tom beobachten, wie er sich als erster über ein Beutetier hermachte und den bisher führenden Pete vertrieb. Master war nicht nur, wie von ihnen vermutet, zum Chef des jüngsten Wurfs geworden: Er hatte sich zum Leitwolf empor geschwungen und keiner war da, der ihm etwas entgegenzusetzen hatte.

Jack musste das geahnt haben, als er sich niemals zwischen Master und Leandra stellte.

**

Tom hasste es, ins Dorf zu gehen. Er konnte die Abneigung der Bewohner gegen sich beinahe körperlich spüren.

Und das machte ihn traurig und wütend zugleich. Manchmal wünschte er, er hätte seine Arbeit in Kanada fortgesetzt. Dort war alles so anders. Die Menschen waren offen und herzlich Fremden gegenüber, zumindest in den endlosen Wäldern seiner Heimat. Und vor allem waren sie sehr naturverbunden. Sie respektierten die Natur so, wie sie war und es war kein Problem für sie mit Tieren zusammen zu leben, die unter Umständen auch Menschen angreifen würden.

Er dachte da nur an die unzähligen Braunbären, die hin und wieder auftauchten und Ärger machten. Niemand kam aber auf die Idee, sie deshalb als Rasse auszurotten. Aggressive Tiere wurden beizeiten getötet und die anderen so auf Abstand gehalten.

Wölfe waren dort das kleinste Problem, blieben sie doch von sich aus fast immer auf Distanz zu den Menschen.

Er erinnerte sich noch genau an den Tag, als er zum ersten Mal seinen Fuß in das Dorf setzte. Natürlich hatte es sich schon herumgesprochen, dass er neu zugezogen war und auch, was er vorhatte.

Er war sich dessen sehr wohl bewusst.

Das erste, was ihm auffiel, war, dass die Leute seinen Gruß nicht erwiderten und sich sogar abwendeten, wenn er sie ansprach. Es herrschte ein großes Schweigen, mit dem sie ihm zu verstehen gaben, dass er hier nicht willkommen war.

Tom nahm das anfangs nicht persönlich, er verstand es eher als Ablehnung seinem Projekt gegenüber. Und er hatte ja gewusst, dass es noch viel zu tun gab, ehe er seine Wölfe in die Freiheit entlassen konnte.

Also versuchte er, sich am Dorfleben zu beteiligen, ging ins Wirtshaus und besuchte die Feste. Aber so sehr er sich auch bemühte, er konnte diese Mauer des eisigen Schweigens nicht durchbrechen.

Den letzten Versuch startete er vor zwei Jahren im Sommer beim Straßenfest. Er hatte einen Stand aufgebaut mit jeder Menge Infomaterial zu seinem Projekt. Aber niemand sprach mit ihm oder war an seinem Stand interessiert.

Schließlich blieb einer der alten Bauern vor ihm stehen und funkelte ihn böse an: „Du bist hier nicht willkommen, und Deine Wölfe erst recht nicht. Wann begreifst Du das endlich und haust wieder ab?"

Tom wollte ihm gerade die passende Antwort darauf geben, als eine Frau sich zwischen ihm und dem Bauern drängte.

„Hören Sie nicht auf ihn", meinte sie. „Der ist schon zu alt, um noch Veränderungen zu akzeptieren. Ich finde es jedenfalls spannend, was Sie vorhaben."
Ihr Lächeln war die erste positive Reaktion, seitdem er hier war. Die Frau stellte sich als Amelie Nissen vor und noch heute erinnerte er sich an die Freude, die er empfunden hatte, weil sich endlich jemand aus dem Dorf für seine Arbeit interessierte. Er dachte tatsächlich, dass das ein erster Erfolg seiner Bemühungen war und dass es von jetzt an stets aufwärts gehen würde.

So plauderten sie eine Weile und zum Schluss lud er sie sogar zum Besuch seines Wolfsrudels ein, was eigentlich sonst nicht seine Art war. Aber ihr Interesse an den Tieren war nicht nur Höflichkeit einem Fremden gegenüber, es war echt. Daher schenkte er ihr zum Abschied auch eines seiner ins Deutsche übersetzten Bücher über Wölfe.

Es war ein schöner Nachmittag gewesen, damals. Rückblickend fragte er sich, warum er nicht versucht hatte, sie wiederzusehen.

Doch Beziehungspflege war nicht gerade sein Ding und Bindung an jemand anderen noch viel weniger. Vielleicht hatte er auch die Gefahr gespürt, dass sie genau die Art von Frau war, die ihm viel zu sehr ans Herz wachsen könnte.

Denn in seinem Leben gab es keinen Platz für so etwas. Das machte alles viel zu kompliziert. Er hatte sich mit Leib und Seele den Wölfen verschrieben

und konnte keine Ablenkung gebrauchen.
Und auch die wunderbare Nacht mit ihr konnte
daran nichts ändern.

Natürlich hatte er schon in Kanada von der Angst
der Deutschen vor den Wölfen gehört, hatte gehört,
dass es dazu jede Menge Geschichten und Märchen
gab. Aber er hatte die Dimension dieser Angst völlig
unterschätzt und auch, wie tief sie in den Menschen
verwurzelt war.
Irgendwann resignierte er. Das war der Punkt, von
dem an er sich auf einem ständigen Rückzug
befand. Er gab es nicht nur auf, andere von seinem
Projekt überzeugen zu wollen, er gab mehr und
mehr auch jede Form von Kontakt zu den
Dorfbewohnern auf.
Die permanent feindselige Stimmung ihm
gegenüber ließ ihn bockig werden: Wenn keiner
etwas mit ihm zu tun haben wollte, so wollte er
eben auch mit den anderen nichts mehr zu tun
haben.
An seiner Lage änderte sich dadurch freilich nichts.
Aber es schützte seine Selbstachtung und Würde.
Trotz allem war er weiterhin fest entschlossen,
seine Wölfe auszuwildern.
Die Aufklärungsarbeit würden dann eben deutsche
Fachleute aus Husum übernehmen, er hatte bereits
Kontakt mit der dortigen Naturschutzbehörde
aufgenommen, in deren Zuständigkeit das Projekt
fiel.

Seine Aufgabe würde nur noch darin bestehen, die Tiere zusammen mit anderen Experten auf die Auswilderung vorzubereiten.

Doch so sehr er es auch hasste, ins Dorf zu gehen, ab und zu musste er es tun, um sich mit dem Notwendigsten zu versorgen.
Was für ein Glück, dass er sich zumindest mit dem Inhaber des Krämerladens Sven Hansen gut verstand.
So hatte er wenigstens etwas Unterhaltung und konnte gleichzeitig seine Wocheneinkäufe erledigen, ohne erst in die Nachbarstadt fahren zu müssen.
Meistens endete sein Einkauf mit einer gemütlichen Tasse Kaffee, die er zusammen mit Sven in einem der hinteren Räume des Ladens trank.
So auch heute.

„Gibt´s was Neues im Dorf?", fragte Tom.
Sven zuckte mit den Achseln.
„Nichts, was Dich groß interessieren würde. Der Pfarrer will eine Spendensammlung für die Renovierung des Kirchendaches starten und Berta hat´s schon wieder an der Hüfte. Sie war beim Facharzt in Husum, der meinte, jetzt muss sie wohl doch unters Messer für ein künstliches Hüftgelenk."
Er nahm einen großen Schluck aus seiner Tasse.
„Ach doch, eine Sache könnte interessant sein für

Dich. Amelie hat sich in der Bäckerei mit Frau Jessen gestritten, weil die es wohl unmöglich fand, dass sie ihren Jungen zu den Wölfen lässt."

„Und wie ist der Streit ausgegangen?", hakte Tom nach.

„Na, Du kennst doch Amelie, die lässt sich nicht die Butter vom Brot nehmen."

Sven schmunzelte.

Dann wurde er wieder ernst.

„Ihre Chefin fand das allerdings nicht so witzig. Sie hat sie ermahnt, ihre persönlichen Angelegenheiten aus der Arbeit herauszuhalten. Sie wünschte keinen Streit mit Kunden in ihrem Laden. Na ja, verständlich, die will sich natürlich nicht ihre Kundschaft vergraulen."

Tom schwieg betroffen. Es reichte schon, dass er im Dorf Probleme wegen der Wölfe hatte.

Er wollte nicht noch andere Leute darunter leiden sehen, und schon gar nicht Amelie.

„Wann ist es denn eigentlich so weit?", fragte Sven ihn unvermittelt.

„Was meinst Du?"

Tom verstand nicht sofort.

„Na, mit der Auswilderung der Tiere", erklärte Sven.

„Ende nächsten Frühjahres werden die Vorbereitungen beginnen."

Sven zog überrascht die Augenbrauen hoch.

„So bald schon?"

Tom nickte.

Sven goss Tom und sich noch eine Tasse Kaffee nach.

„Hast Du Dir das auch wirklich gut überlegt?", fragte er Tom.

„Wie meinst Du das?"

„Du kennst die Meinung im Dorf zu diesem Thema. Wenn Du das wirklich durchziehst, könntest Du jede Menge Ärger bekommen. – Ich möchte dann jedenfalls nicht in Deiner Haut stecken."

„Ich mache das ja nicht alleine ", wiegelte Tom ab. „Ich bekomme Unterstützung von der Kreisverwaltung aus Husum, sowohl für die eigentliche Auswilderung als auch für die Aufklärung der Bevölkerung."

„Ach, Tom", seufzte Sven. „Du weißt nicht, wie stur die Leute hier sein können."

Er lehnte sich in seinem Stuhl zurück und verschränkte die Arme vor seiner Brust.

„Du weißt ja, ich stehe auf Deiner Seite. – Aber da stehe ich im Moment wohl so ziemlich alleine."

„Das wird schon", meinte Tom, so als ob er sich selbst Mut zusprechen müsste.

Dann trank er den Rest Kaffee aus und verabschiedete sich von Sven.

**

Noch immer spielte Jack besonders gerne mit
Leandra. Er hatte wohl einen Narren an ihr
gefressen.
Natürlich war es schon längst nicht mehr nötig, sie
zu den anderen Jungtieren ihres Wurfs zu treiben
oder sie anzustupsen, damit sie sich traute, sich
ihren Anteil vom Fressen zu holen.
Sie hatte sich ihren Platz im Rudel erkämpft und fast
konnte man meinen, Jack wäre ein bisschen stolz
darauf, weil er nicht unwesentlich dazu beigetragen
hatte.
Sicher gab es immer noch Wölfe, denen sie sich
unterordnen musste, wie zum Beispiel diese Shiva.
Es reizte Leandra, in einem erneuten Kampf
auszuprobieren, ob Shiva tatsächlich immer noch
stärker war als sie. Aber wenn es dazu käme, würde
das eine bitterernste Angelegenheit werden, die mit
schweren Verletzungen enden könnte. Sie hatte
noch nicht vergessen, dass sie ihr in der letzten
Auseinandersetzung unterlegen war.
Zwar war sie zwischenzeitlich noch stärker und
wendiger geworden, aber so lange Shiva sie nicht
ernsthaft angriff, vermied sie eine erneute
Konfrontation.
Kämpfe und Verletzungen kosteten viel Energie und
der Winter stand vor der Tür.
Es war einfach klüger, seine Kräfte für das

Überleben in dieser härtesten aller Jahreszeiten zu schonen, auch wenn es hier im Gehege immer genug Nahrung für die Wölfe gab.

„Ich glaube, sie hat es geschafft", meinte Tom eines Tages zu Lars. Ihm waren die Veränderungen im Rudel nicht entgangen.

„Was meinst Du?"

„Leandra hat sich einen normalen Rang erarbeitet", erläuterte Tom. „Nicht zuletzt dank Jack."

„Ja, Jack ist wirklich ein toller Wolf, auch wenn er nicht das Leittier ist. Wenn er jetzt Leandra noch die Scheu vor uns Menschen nehmen würde…"

Tom lachte auf.

„Damit Du ein Tier mehr zum Knuddeln hast?"

Lars grinste.

„Wär doch schön, oder? Ich meine, alle anderen Tiere begrüßen uns, nur Leandra nicht."

Tom wurde nachdenklich.

„Weißt Du, Lars, so gerne ich es mag, dass wir für die Wölfe quasi Rudelmitglieder geworden sind, umso mehr Kopfzerbrechen bereitet mir das. Wenn die Tiere ausgewildert werden, ist es besser für sie, sich von den Menschen fernzuhalten. Der Mensch ist immer noch ihr Feind, meistens jedenfalls. Deshalb finde ich es gar nicht so schlecht, dass Leandra so scheu ist. Sie wird wahrscheinlich die wenigsten Probleme mit der Auswilderung haben."

Als es Anfang Januar bitterkalt wurde und der erste Schnee kam, fiel Lars auf, dass die Tiere immer unruhiger wurden.

„Was hat das zu bedeuten, Tom? Haben sie Angst, nicht mehr genug zu fressen zu bekommen?"

Tom schüttelte den Kopf.

„Nein, bestimmt nicht. Es hängt eher damit zusammen, dass die Paarungszeit naht und sich der neue Leitwolf für eine Gefährtin entscheiden muss, mit der er höchstwahrscheinlich den Rest seines Lebens zusammen bleiben wird. Für alle Weibchen im Rudel ist das natürlich eine extrem wichtige Entscheidung."

„Na, wer das wird, ist doch wohl klar, oder?", meinte Lars.

„Du denkst an Shiva?"

Lars nickte.

„Ja", stimmte Tom zu, „ich denke auch, dass sie die besten Chancen hat."

Aber sie sollten sich täuschen.

Master entschied sich völlig überraschend für Leandra.

War es ihr erfolgreicher Kampf aus der Außenseiterposition hinein in die Mitte des Rudels, der ihn so für sie einnahm? Oder die Tatsache, dass sie sich immer mehr als ein kluges, gewandtes Tier erwies?

Wer konnte schon wissen, was in einem Wolf wirklich vorging.

Lars und Tom war jedenfalls klar, dass sie Zeugen eines einzigartigen Geschehens geworden waren: Ein Omega-Weibchen hatte sich zur Leitwölfin emporgearbeitet.

Beide gönnten es ihr nach ihrer langen Leidenszeit im Rudel.

Geboren, um frei zu sein

Der Winter war für Norddeutschland ungewöhnlich kalt und mehrere Schneestürme tobten über das Land hinweg. Während Tom normalerweise regelmäßig den Gehegezaun kontrollierte, wurde er jetzt aufgrund der Wetterlage für eine Woche davon abgehalten. Er war noch nicht einmal dazu gekommen, das Rudel aufzusuchen und hatte nur das Futter für die Tiere an den üblichen Plätzen ausgelegt.

„Ich hoffe, die Zäune haben den Schneestürmen standgehalten", meinte er zu Lars, als der ihn wieder einmal in seiner Hütte auf dem Gelände besuchte.
„Ab Morgen sollen die Temperaturen schon wieder ansteigen", beruhigte Lars ihn.
„Gottseidank. Dann müssen wir sofort die Befestigungen kontrollieren. Und nachsehen, ob die Tiere alles gut überlebt haben."

Lars sollte Recht behalten. Bald wurde es wärmer, so dass der Schnee schnell abschmolz.
Lars und Tom begaben sich an die mühselige Aufgabe, die Außengrenze des Geheges abzugehen. Sie hatten bereits die Hälfte der Einfriedung ohne Beanstandung überprüft, als Lars ein etwa 30 cm großes Loch entdeckte, das ein großer abgebrochener Ast in den Zaun gerissen hatte.

„So ein Mist!", schimpfte Tom, der sich umgehend an die Reparatur machte. „Ich hoffe nur, das Loch ist noch nicht allzu lange da."

Nachdem er den Zaun ausgebessert hatte, setzten sie ihren Rundgang fort, fanden aber zum Glück keinerlei weitere Schäden.

Doch als sie das Rudel aufsuchten, um nach dem Rechten zu sehen, fiel ihnen auf, dass die Meute unvollständig war: Jack fehlte.

Sofort machten sie sich daran, das Gelände nach ihm abzusuchen, aber sie konnten ihn nicht finden.

„Ich fürchte, er hat das Gehege durch das Loch im Zaun verlassen", meinte Tom betrübt.

Lars war schockiert.

„Aber er ist doch noch gar nicht auf das Leben da draußen vorbereitet. Er weiß doch gar nicht, wie er sich durch Jagd ernähren soll!"

„Und gerade das ist unsere Chance", meinte Tom. „Der Hunger wird ihn ins Gehege zurücktreiben, denn er weiß ja, dass er dort immer zuverlässig sein Fressen erhält. Wir werden in den Zaun an der Stelle des alten Loches eine Klappe einbauen, die nur von außen in Richtung Gehege durch einen leichten Druck zu öffnen ist."

„Hoffentlich geht das gut!", sagte Lars ängstlich.

Tom schwieg nachdenklich.

Einerseits wollte er das Kind durch eigene Zweifel nicht noch weiter beunruhigen, andererseits musste er ihm auch den Ernst der Lage deutlich machen.

Daher ermahnte er Lars schließlich in eindringlichem Ton:

„Sag bitte zu keinem irgendein Wort darüber, dass ein Wolf aus dem Gehege ausgebrochen ist. Die Leute hier sind schon nervös genug und ich befürchte das Schlimmste, wenn ich diesen Vorfall öffentlich mache."

„An was denkst Du?"

Lars sah ihn mit großen Augen an.

„Du weißt, einige der Bauern haben Gewehre zu Hause. Und für viele von ihnen ist nur ein toter Wolf ein guter Wolf."

„Du meinst…"

Tom nickte.

Betroffen verstummte Lars.

„Aber müsstest Du den Ausbruch nicht melden?", fragte er nach einer Weile.

Tom zuckte mit den Schultern.

„Ja, das müsste ich eigentlich. Aber ich werde es erst einmal nicht tun. Vielleicht haben wir Glück und Jack findet schnell ins Gehege zurück. Es gibt niemanden außer mir, der das Rudel regelmäßig darauf kontrolliert, ob es vollständig ist. Wer sollte also davon erfahren, wenn wir beide es nicht weiter erzählen? Und für den unwahrscheinlichen Fall, dass doch jemand etwas bemerkt, könnte ich immerhin behaupten, dass es uns nicht aufgefallen ist, dass eines der Tiere fehlt. Das Wetter war schlecht genug, dass man mir glauben wird, dass ich die Meute für längere Zeit nicht kontrolliert habe."

Am Ende des Tages trennten sich beide mit einem unguten Gefühl im Bauch.

Jack kehrte weder am nächsten noch am übernächsten Tag zurück.
Obwohl sich Tom und Lars daran machten, ihn auch in dem umliegenden Gebiet zu suchen, war und blieb er verschwunden.
Ihr Gefühl hatte sie nicht getäuscht.

**

Oma Rosa war die einzige in der Familie Nissen, die noch regelmäßig in die Kirche ging. Amelie und Lars waren zwar getauft und konfirmiert, aber zum Gottesdienst tauchten sie nur zu Ostern und Heiligabend auf.
Rosa hatte zunächst ihr Bestes gegeben, damit wenigstens der Junge sonntags häufiger mitkam. Aber da Amelie keinen Wert darauf legte und das Kind spätestens mit der Einschulung nicht mehr daran glaubte, dass etwas Schlimmes passieren würde, wenn es Rosa nicht begleitete, blieb auch Lars bald zu Hause.
So zog sie jeden Sonntag alleine los.

Die Nissens wohnten am Rand des Dorfes und der Weg ins Zentrum und zur Kirche führte zunächst einmal am Deich entlang und am einsam gelegenen

Hof des Bauern Jessen vorbei. Hinter dem Hof begann ein kleines Stück Wald. Wenn man das hinter sich gelassen hatte, war es nur noch eine Viertelstunde bis zum Dorf.

In der Zeit, in der Schnee gelegen hatte, war Rosa der Weg zur Kirche zu beschwerlich gewesen, aber jetzt, wo alles geschmolzen war und die Temperaturen endlich wieder auf über Null Grad angestiegen waren, zog es sie wieder zum Pfarrer.

Rosa freute sich, als sie das kleine Waldstück erreicht hatte, wusste sie doch, dass sie nun schon einen Großteil des Weges geschafft hatte.

Sie dachte gerade darüber nach, welche Bekannten sie wohl heute beim Kirchgang treffen würde, als ein großes graues Tier plötzlich auf einer Lichtung auftauchte. Ehe sie noch richtig wusste, wie ihr geschah, war es auch schon zu ihr gerannt und hatte sie ohne weiteres in die Hand gebissen.

Rosa schrie vor Panik laut auf, was das Tier wohl erschreckte, denn so unvermittelt, wie es aufgetaucht war, verschwand es wieder.

Rosa schlotterten die Knie vor Angst. Sie sah auf ihre linke Hand herab, aus der das Blut tropfte. Die Wunde musste unbedingt schnell versorgt werden. So drehte sie um und machte sich auf den Weg zurück zu Bauer Jessen, an dessen Hof sie gerade erst vorbeigegangen war. Als auf ihr erstes Türschellen niemand öffnete, klingelte sie Sturm.

„Ist ja gut, ist ja gut, ich komme ja schon", brummte jemand von innen. Die Tür wurde geöffnet und vor ihr stand Ole Jessen.

„Rosa?", fragte er verdutzt.

„Ich bin angefallen worden", sagte Rosa nur kurz, „schnell, ein Verband, meine Hand blutet."

Erst jetzt sah Ole die triefende Wunde und holte sofort einen Verbandskasten.

Als er die Wunde versorgt hatte, wollte er natürlich wissen, was genau sich zugetragen hatte.

„Komm setz Dich, Rosa", meinte er, „und trink auf den Schock erst mal eine gute Tasse Kaffee."

Dankbar setzte sich Rosa an den Küchentisch und genoss das heiße Getränk.

Bauer Jessen schaute ihr eine Weile zu, dann konnte er seine Neugier nicht mehr beherrschen.

„Nu erzähl schon, was passiert ist", forderte er sie auf.

„Also, ich war auf dem Weg zur Kirche wie jeden Sonntag", begann Rosa. „Ich hatte gerade Deinen Hof hinter mir gelassen und war ein Stück weit in den Wald hineingegangen, da geschah es."

Sie machte eine kleine Pause, um Oles Spannung zu steigern. Der ursprüngliche Schock war schon fast wieder vergessen und die Geschichtenerzählerin in ihr brach hervor.

Sie wartete, bis Ole begann, unruhig auf seinem Stuhl hin und her zu rutschen, dann fuhr sie fort.

„Ich hörte aus der Ferne ein grausiges Jaulen, das

langsam immer näher kam. Aber so sehr ich auch das Gehölz auf beiden Seiten des Weges mit meinen Augen absuchte, ich konnte nichts entdecken. Auf einmal, direkt links neben mir, ein lautes Knurren. Ich drehte mich zur Seite und starrte in zwei funkelnde gelbe Augen. Eine Bestie stand dort, die Zähne gefletscht. Ich war wie erstarrt vor Schreck und in dem Moment biss sie mir in meine Hand. Ich dachte, mein letztes Stündchen hätte geschlagen und betete laut ein Ave Maria. Da fing das Untier wie vor Schmerz an zu heulen und machte sich aus dem Staub."

„Des Teufels Geselle", murmelte Ole.

„Ja, ich schwöre es bei der Mutter Gottes", flüsterte Rosa, und, um ihre Erzählung noch eindrucksvoller werden zu lassen, fügte sie hinzu: „Mir war als hätte ich dem Teufel direkt in die Augen gesehen."

Die Geschichte hatte ihre Wirkung auf Bauer Jessen nicht verfehlt. Einen Augenblick lang schwieg er beeindruckt.

„Das kann nur eins bedeuten", meinte er wieder mit fester Stimme, „da draußen streunt ein wilder Wolf herum."

„Bei Gott, ja, das habe ich mir auch schon gedacht", stimmte Rosa ihm zu.

„Und ich würde mich nicht wundern, wenn das eins der Tiere von Tom Smith ist."

„Aber Tom hat doch gar nichts davon erzählt, dass eins seiner Tiere ausgebrochen ist", wandte Rosa ein.

„Das würde ich an seiner Stelle auch nicht tun",
meinte Ole nur. „Ich bringe Dich jedenfalls erst
einmal nach Hause. Und Morgen gehst Du zum Arzt
und ich zu Tom. Dem werde ich mal gehörig auf den
Zahn fühlen."

**

Energisch klopfte Ole Jessen am nächsten Tag an
das Tor des Geheges. Es dauerte eine Weile, bis sich
die Tür der dahinter liegenden Hütte öffnete und
Tom herausschaute.
„Was gibt´s?", fragte er unwirsch, denn dass es sich
hier nicht um einen freundschaftlichen Besuch
handelte, war ihm sofort klar.
„Wir müssen reden", meinte Ole nur.
Tom kam zum Tor und öffnete es.
„Mit den Welpen leben hier im Gehege doch zehn
Tiere, stimmt´s?", fragte Ole ohne weitere
Umschweife und deutete mit dem Kopf in Richtung
der Tiere.
Tom nickte.
Er hatte erst vor gut einer halben Stunde neues
Futter für das Rudel in Sichtweite der Hütte
ausgelegt und die Tiere hatten den Fressplatz noch
nicht verlassen.
„Ich sehe aber nur neun."
Oles Stimme hatte etwas Bedrohliches.

„Dann wird sich wohl ein Wolf schon wieder verzogen haben", erwiderte Tom mit betont ruhiger Stimme. „Das Rudel ist nicht immer komplett. Einzelne Tiere streunen auch schon mal abseits der Gruppe herum. Das ist normal."

„Es ist aber doch wohl nicht normal, dass ein Wolf aus Deinem Gehege ausbricht, oder?", griff Ole ihn unvermutet an.

„Wie kommst Du denn auf so eine Idee?" Tom tat erstaunt.

„Oma Rosa wurde gestern Vormittag in dem Wäldchen in der Nähe meines Hofes von einem Wolf in die Hand gebissen."

„Und wer sagt, dass es ein Wolf war?", hakte Tom nach.

„Sie hat mir selbst erzählt, dass es ein Wolf war. Und der Arzt, bei dem Rosa heute früh war, meinte auch, die Wunde könnte durchaus von einem Wolf stammen."

„Ja, *könnte* – oder eben auch nicht. Genauso gut wäre es möglich, dass der Angriff von einem großen Hund stammt", erwiderte Tom. „Die Bisswunden, die ein Hund verursacht, lassen sich nämlich kaum von denen eines Wolfs unterscheiden."

„Aber in Deinem Gehege fehlt ein Tier…"

„Das behauptest *Du*!"

„…und ich wette, Du hast die ganze Sache noch nicht der zuständigen Behörde in Husum gemeldet. Doch Du kannst Gift darauf nehmen, dass ich das jetzt umgehend tun werde. Und das Amt wird sicherlich den Rudelbestand kontrollieren und dann gnade Dir Gott, wenn Du gelogen hast. - Ich freu mich jetzt schon, wenn sie Dir hier endlich den ganzen Laden dicht machen!"

Das war zu viel für Tom.

„Raus! Raus mit Dir und zwar sofort, ehe ich noch handgreiflich werde!", brüllte er Ole an.

Ole verließ das Gehege mit einem gehässigen Grinsen im Gesicht.

„*Ich* gehe, aber andere Leute werden kommen und die wirst Du nicht so einfach los werden!"

**

Am nächsten Morgen klingelte um 9 Uhr Toms Handy. Es war Peer Knudsen von der unteren Naturschutzbehörde in Husum. Tom kannte ihn gut, hatte er mit ihm doch die Verpachtung des Geländes für sein Wolfsrudel und die Bedingungen für die spätere Auswilderung ausgehandelt.

„Moin, Tom", ertönte es vom anderen Ende der Leitung.

„Moin, Peer. Was gibt´s?"

„Ich habe gerade eben einen Anruf von einem gewissen Bauer Ole Jessen aus Deinem Dorf erhalten. Er behauptet, aus Deinem Gehege sei ein

Wolf ausgebrochen und hätte einer Frau in die Hand gebissen. Stimmt das?"

Jessen hatte also seine Drohung wahrgemacht. Das hätte er sich eigentlich denken können, so schlecht wie der immer auf die Wölfe zu sprechen war. Insgeheim ärgerte er sich, dass er ihm nicht zuvorgekommen war und Peer direkt nach seinem Gespräch mit Ole angerufen hatte. Das hätte diesem Bauern den Wind aus den Segeln genommen. Nun war es zu spät und Tom wusste, leugnen war zwecklos. Sonst wäre Peer gezwungen, die Sache vor Ort zu überprüfen. Im Gegensatz zu Bauer Jessen müsste Tom den Mitarbeitern der Behörde Zutritt zu dem Gelände gewähren, so dass die Wahrheit schnell ans Licht kommen würde.

„Soweit es um den Ausbruch eines Tieres aus dem Gehege geht, ja. Aber es gibt keine Beweise dafür, dass die Frau von einem Wolf gebissen wurde. Es könnte genauso gut ein großer Hund gewesen sein", erwiderte Tom.

„Mensch, Tom, warum hast Du den Ausbruch nicht sofort gemeldet? Du weißt doch, dass Du der Behörde gegenüber dazu verpflichtet bist! Jetzt müsste ich eigentlich ein Bußgeld gegen Dich verhängen."

Tom schwieg schuldbewusst. Dann begann er sich zu rechtfertigen.

„Du weißt doch, wie die Stimmung im Dorf mir und den Tieren gegenüber ist. Am liebsten würden sie mich und die Wölfe so schnell wie möglich wieder los sein. Ich war der festen Überzeugung, dass der Wolf bald wieder zum Gehege zurückkehrt, da dort seine sichere Futterquelle ist. Warum sollte ich also unnötig Panik machen?"

„Er ist aber nicht ins Gehege zurückgekehrt", stellte Peer lakonisch fest. „Und dass nun etwas passiert ist und herauskommt, dass Du nicht mit offenen Karten gespielt hast, macht die Lage nur noch schlimmer. Wir müssen jetzt unbedingt zügig aufklären, welches Tier die Frau gebissen hat, bevor bei euch noch alle durchdrehen. Ich schicke Dir Morgen einen meiner Mitarbeiter vorbei, der sich mit Dir zusammen darum kümmern soll."

Tom schluckte. Denn so felsenfest davon überzeugt, dass der Angreifer nicht Jack war, war er beileibe nicht.

Nie hatte er gedacht, dass er einmal wegen ihm Ärger bekommen würde.

Ausgerechnet Jack. Dieser ruhige, ausgeglichene Wolf, der immer mit den Welpen herumgetollt war und Leandra aus ihrer Außenseiter-Position herausgeholt hatte.

Nein, sagte er sich selbst, der Biss konnte nur von einem anderen Tier stammen.

Nur, wie sollte er das beweisen?

Als der Mitarbeiter von Knudsen am nächsten Tag eintraf, war Tom schnell klar, dass er ihm keine große Hilfe sein würde. Er ging die ganze Sache recht formal und bürokratisch an, befragte ihn, Oma Rosa und Bauer Jessen sowie den Arzt, der Oma Rosas Wunde begutachtet hatte. Danach erstellte er seinen Abschlussbericht für die Behörde.

„Und? Zu welchem Ergebnis sind Sie gelangt?", fragte Tom ihn.

„Es könnte durchaus ein Wolf gewesen sein, muss aber nicht", meinte er. „Der Arzt hat mir Proben von Rosas Wunde gegeben. Wenn wir Glück haben, finden wir noch DNA-Spuren des Angreifers."

„Und wenn nicht?", hakte Tom nach.

„Dann werden wir wohl nicht mehr aufklären können, wer der Übeltäter war. Wir müssen in so einem Fall einfach weiter beobachten, ob es noch zu anderen Übergriffen kommt."

Tom stöhnte gequält auf. Es war unwahrscheinlich, dass auf der gründlich desinfizierten Wunde von Oma Rosa noch DNA-Spuren gefunden werden konnten.

„Wie lange dauert es denn, bis die Ergebnisse der Proben da sind?", fragte er.

„Das geht relativ schnell. In zwei Tagen müssten wir mehr wissen", meinte der Mitarbeiter.

Als Tom am übernächsten Tag bei Peer Knudsen anrief, war das Ergebnis so, wie er es sich gedacht hatte.

Es konnten keine DNA-Spuren mehr festgestellt werden.

**

An diesem Tag war Tom noch lange im Gehege, allerdings nicht um zu filmen, sondern um seine Hütte auf Vordermann zu bringen, die in der kalten, schneereichen Zeit erheblich gelitten hatte. Ein paar Schindeln vom Dach mussten erneuert werden und zwei Fensterrahmen waren nicht mehr dicht. Bei jedem Regen tropfte es in den Innenraum.

Ehe er es sich versah, war es schon 17:30 Uhr und er musste sich sputen, wollte er noch seine Wocheneinkäufe in Sven Hansens Krämerladen erledigen, denn Svens Laden schloss bereits um 18 Uhr.

Kurz bevor er dort ankam, entdeckte er, dass auf allen Laternen Plakate klebten. Als er ausstieg, konnte er auf einem der Masten lesen, worum es ging:

An alle Dorfbewohner!
In unserer Gegend streunt ein wilder Wolf herum.
Er hat bereits einen Menschen angegriffen.
Schützt Frauen und Kinder!
Zögert nicht, von der Schusswaffe Gebrauch zu machen!
Ihr handelt in Notwehr!
Ein besorgter Bürger

Ein besorgter Bürger – das war ja wirklich lächerlich! Voller Wut riss Tom das Plakat ab, stapfte damit in Svens Geschäft und knallte es ihm auf die Ladentheke.

„Wer war das?", brüllte er los.

Sven zuckte nur mit den Schultern.

„Muss ´ne Nacht- und Nebelaktion gewesen sein. Gestern waren die Plakate jedenfalls noch nicht da und ab heute früh sind die Laternen voll damit."

„Was für eine feige Tat! Noch nicht einmal ein Name steht da drauf!", schimpfte Tom.

„Na ja", Sven wog seinen Kopf bedächtig hin und her, „wie Du weißt, ist illegaler Wolfsabschuss strafbar. Man kann bis zu fünf Jahre dafür in den Knast wandern. Und wer weiß, vielleicht ist der Aufruf dazu auch strafbar. Also warum sich der Gefahr aussetzen?"

Doch seine Worte konnten Tom nicht beruhigen. Im Gegenteil.

Er haute mit der Faust auf das Stück Papier vor ihm.

„Ich werde heute noch alle Plakate entfernen!"

„...und Morgen kleben sie wieder dran", meinte Sven lakonisch.

„Hast Du ´ne bessere Idee?", schnauzte Tom ihn an.

„Mensch, Tom", meinte Sven in immer noch ruhigem Ton, „es nützt doch nichts, wenn Du Deine Kraft in einem Kampf gegen einen unsichtbaren Feind vergeudest. Du musst dem Typen die Grundlage für seine Aktionen entziehen - Du musst den Vorfall aufklären. Beweis den Dörflern, dass der Biss nicht von einem Wolf stammt und es kehrt wieder Ruhe ein."

„Und wie soll das bitte schön gehen? Es gibt schließlich keinerlei Spuren mehr und Oma Rosa ist fest davon überzeugt, dass es ein Wolf war."

„Ja, ich gebe zu, das ist keine einfache Angelegenheit. Aber *irgendetwas* musst Du tun, um die Leute hier zu beruhigen."

Sven wirkte ehrlich besorgt.

Und endlich wurde Tom wieder ruhiger.

„Ja, ich weiß", meinte er betrübt und schaute nachdenklich auf das Plakat vor ihm. Dann hellte sich seine Miene auf. „Vielleicht könnte ich einen der Wolfsbetreuer aus dem Wildpark Eekholt hierher holen, um die Leute aufzuklären."

Sven blickte ihn verständnislos an.

„Ich habe neulich erfahren, dass die Landesregierung Fachleute eingestellt hat, die unter anderem speziell darauf vorbereitet sind, den Menschen die Angst vor den Wölfen durch Infoveranstaltungen und Ähnlichem zu nehmen", erklärte Tom. „Ich glaube, es ist an der Zeit, ihre Hilfe in Anspruch zu nehmen."

Sven nickte.

„Ja, das wäre zumindest eine Möglichkeit."

Erleichtert verließ Tom den Laden.

Es tat gut zu wissen, wie er sich gegen den anonymen Plakatkleber wehren konnte.

Als er wieder im Gehege zurück war, telefonierte er sofort mit dem Wildpark und erhielt tatsächlich die Zusage für eine Informationsveranstaltung in der kommenden Woche – und vom Pfarrer die Erlaubnis, die Veranstaltung im großen Gemeindesaal abhalten zu dürfen.
Denn es war davon auszugehen, dass der Abend gut besucht sein würde.

Das Entfernen der Plakate hatte er nicht mehr im Sinn.
Es war ja so viel einfacher, sie mit der Ankündigung der Info-Veranstaltung zu überkleben…

**

Der Gemeindesaal war wie erwartet bis auf den letzten Platz besetzt.
Auch Amelie und Lars waren gekommen und natürlich Bauer Jessen mit seiner Frau. Keiner wollte es sich entgehen lassen, den Wolfsberater zu der ganzen Angelegenheit zu hören.
Nach einer kurzen Begrüßung kam der Fachmann auch direkt zur Sache und ging auf den Biss in Rosas Hand ein.
„Leider können wir ja nun nicht mehr nachweisen, ob es tatsächlich ein Wolf war", begann er seine Ausführungen. „Grundsätzlich ist das aber eher

unwahrscheinlich, da die Tiere Menschen gegenüber sehr scheu sind, jedenfalls wenn sie gesund sind."

Ein Murmeln ging durch den Saal.

„Und was, wenn es ein krankes Tier war?", erschallte ein Zwischenruf.

„Dann wäre es natürlich denkbar, aber es waren keinerlei Anzeichen dafür zu finden, dass es ein krankes Tier war", beschwichtigte er die Menge. „Trotzdem gibt es natürlich ein paar Verhaltensregeln, die man sich im Umgang mit den Wölfen merken sollte und die zu einem reibungslosen Zusammenleben mit ihnen beitragen. Als erstes sollte man - wie eigentlich sonst auch - kleine Kinder draußen nicht unbeaufsichtigt spielen lassen, um jede Gefahr auszuschließen. Wenn man einmal tatsächlich einem Wolf begegnet, sollte man ruhig bleiben und auf keinen Fall wegrennen, denn das könnte das Tier als Opferverhalten deuten. Am besten geht man langsam zurück. Normalerweise verschwindet der Wolf dann umgehend wieder. Wenn nicht, kann man versuchen, ihn durch lautes Schreien oder Rufen zu vertreiben. Und wenn sie einen Hund dabei haben, leinen Sie ihn bitte an. Freilaufend sieht der Wolf ihn als Feind an, aber wenn er nah beim Menschen läuft…"

Weiter kam der Wolfsberater nicht. Das unruhige Murmeln, das man schon am Anfang im Saal hören konnte, war zu einer erheblichen Lautstärke herangewachsen und übertönte jetzt die Worte des Experten. Die Zuhörer konnten sich nicht mehr beherrschen.

„Ich darf meine Kinder demnächst nicht mehr alleine zum Spielen nach draußen lassen?", empörte sich Frau Jessen. „Das ist ja wohl die Höhe…!"

„Und nicht weg zu laufen hat bei Rosa ja wohl nicht geholfen!", ertönte es aus dem Hintergrund.

Der Wolfsberater versuchte, die Leute zu beruhigen.

„Wie schon gesagt, es ist eher unwahrscheinlich, dass die Frau von einem Wolf gebissen wurde…"

„Und wer ersetzt mir den Schaden, wenn das Biest demnächst eins meiner Schafe reißt?", fuhr ihm Bauer Hinrichs dazwischen.

„Wenn ein Tier gerissen wird, werden wir an der Bisswunde eine DNA-Probe entnehmen und können dann feststellen, ob es ein Wolf war. Falls das der Fall war, kann beim zuständigen Amt in Husum ein Antrag auf Entschädigung gestellt werden. Oder Sie wenden sich einfach an mich und ich leite die erforderlichen Schritte ein."

„Entschädigung hin und her, ich will ja vor allem meine Tiere behalten", knurrte Hinrichs wenig begeistert. „Welche Schutzmaßnahmen kann ich denn ergreifen?"

„Auf jeden Fall sollten die Herden mit einem

mobilen Elektrozaun eingefriedet werden. Meistens reicht das schon, um den Wolf abzuhalten. Am besten wäre es natürlich, sich einen Herdenschutzhund zuzulegen. Dann ist man so gut wie sicher", antwortete der Wolfsberater.

Hinrichs winkte erbost ab.

„Haben Sie eine Ahnung, wie teuer so ein Tier ist? Ausgebildet kostet mich so ein Hund um die 2.000€! Und mit einem Tier komme ich ja wohl nicht aus..."

Wieder entstand im Publikum eine große Unruhe. Bevor der Wolfsberater noch etwas sagen konnte, ergriff Amelie das Wort.

„Die Schutzmaßnahmen werden vom Staat gefördert. Ihr könnt bis zu 80% der Kosten ersetzt bekommen. - Nun lasst uns doch erst einmal abwarten, wie sich die ganze Angelegenheit entwickelt. Bis auf den Biss, der ja wahrscheinlich noch nicht einmal von einem Wolf stammt, ist doch noch gar nichts passiert..."

Den letzten Satz hätte Amelie sich besser verkniffen. Es war, als ob sie Öl ins Feuer gegossen hätte.

„Sollen wir etwa erst abwarten, bis das Biest einen Menschen zu Tode beißt?", geiferte Bauer Jessen.

„Ich denke mal, was die Angriffe auf Menschen angeht, sind Ihre Sorgen wirklich unbegründet", versuchte nun noch einmal der Wolfsberater die Wogen zu glätten. „Und wenn Sie dann noch die Tipps beachten, die ich Ihnen vorhin gegeben habe,

kann eigentlich gar nichts mehr schief gehen…"
Aber jetzt kam Jessen erst richtig in Fahrt.
„Ich sehe gar nicht ein, mich und meine Familie in
unserer Freiheit einzuschränken, nur damit so ein
Raubzeug bei uns wieder Fuß fassen kann. Es hatte
schließlich seinen Grund, warum der Wolf von den
Menschen hier irgendwann ausgerottet wurde…"
„Nennen Sie uns mal einen vernünftigen Grund,
warum wir uns das hier antun sollten!", erhielt er
von Bauer Hinrichs Unterstützung.
„Der Wolf ist ein Stück Natur, das uns verloren
gegangen ist und das wir nun wieder
zurückbekommen können", hob der Wolfsberater
an. „Er hat eine wichtige Funktion im ökologischen
Gleichgewicht, indem er zum Beispiel vor allem
kranke und alte Tiere erlegt…"
Er bemühte sich, zu einem sachlichen Ton in der
Diskussion zurückzukehren.
„Auf meiner Schafsweide kann ich auf diese Art von
ökologischem Gleichgewicht aber verzichten", fiel
ihm Bauer Hinrichs jedoch giftig ins Wort.
„Genau! Und dafür gibt´s ja schließlich auch noch
Jäger!", rief jemand aus den hinteren Reihen.
Die aufgebrachte Menge krakeelte zustimmend.
„Warum versuchen wir nicht erst einmal, mit den
Wölfen zusammenzuleben? Mit den anderen
Raubtieren wie Dachs und Fuchs kommen wir doch
auch gut aus. Warum sollte das mit dem Wolf nicht
genauso möglich sein?", bemühte Amelie sich noch

einmal, die Stimmung zu drehen.

Aber die Dörfler waren nicht mehr bereit, sich auf irgendwelche Argumente einzulassen.

„Eins sage ich Ihnen", meinte Bauer Jessen schließlich zum Wolfsberater, „wenn sich herausstellt, dass der Biss in Rosas Hand von einem Wolf stammt, werde ich nicht eher ruhen, bis die vermaledeiten Raubtiere dahin verschwunden sind, wo sie hin gehören: Nämlich nach Kanada! - Wir wollten sie jedenfalls nie hier haben!"

Die Menge johlte und klatschte und eine vernünftige Diskussion war nicht mehr möglich.

Die Veranstaltung wurde vorzeitig abgebrochen.

**

Tom war erschüttert von der aggressiven Stimmung, die bei dem Treffen geherrscht hatte. Wenn selbst ein neutraler Experte es nicht schaffte, mit den Dorfbewohnern eine sachliche Diskussion zum Thema Wolf zu führen, wie sollten sie dann jemals für die Auswilderung seiner Tiere gewonnen werden?

Zum ersten Mal seit seinem Einzug ins Dorf wurde ihm angst und bange, wenn er an die Umsetzung seines Projekts dachte.

In Gedanken versunken machte er sich auf den Weg zu seinem Auto, als er schnelle, leichte Schritte hinter sich hörte.

Er drehte sich um.

Es war Amelie mit Lars an der Hand.

„Es tut mir so leid, wie das gerade alles abgelaufen ist", meinte sie ehrlich bedauernd.

„Schon gut", brummte Tom.

Mitleid war jetzt das letzte, was er brauchte. Nur Verlierer wurden bemitleidet und er hatte den Kampf noch nicht aufgegeben. Trotzdem war es natürlich schön, dass jemand auf seiner Seite stand. Das machte die ganze Angelegenheit etwas erträglicher.

Er seufzte.

„Ich wünschte, es gäbe mehr Leute, die dem Wolfsprojekt aufgeschlossen gegenüberstünden."

„Was wird denn nun mit Jack?", fragte Lars und die Angst um seinen Lieblingswolf stand ihm ins Gesicht geschrieben.

„Da nicht mehr geklärt werden kann, ob Rosa von einem Wolf gebissen wurde, wird die Husumer Behörde wohl keine weiteren Maßnahmen ergreifen. Daher bleibt es bei dem, was ich Dir schon gesagt habe. Wir müssen abwarten, bis er seinen Weg ins Gehege zurückfindet", meinte Tom achselzuckend.

„Das kann doch ewig dauern!", rief Lars. „Was ist, wenn Bauer Jessen oder irgendein anderer aus dem

Dorf durchdreht, sich ein Gewehr schnappt und ihn abknallt?"

„Hast Du eine bessere Idee?", herrschte Tom den Jungen in einem schärferen Ton an, als er eigentlich vorgehabt hatte. Aber er war jetzt einfach nicht in der Verfassung, sich schon wieder Gedanken über Jack zu machen.

Lars hingegen wollte nicht weiter einfach nur abwarten und es dem Schicksal überlassen, ob der Wolf rechtzeitig ins Gehege zurückkehrte, bevor noch etwas Schlimmeres passierte.

„Können wir uns nicht einfach auf die Lauer legen?", fragte er Tom daher.

Tom runzelte verständnislos die Stirn.

„Wie meinst Du das?"

„Du hast mir doch selbst erzählt, dass Wölfe häufig dieselben Orte aufsuchen. Wir müssen uns also nur in dem Wäldchen in der Nähe von Bauer Jessen verstecken und warten, dass der Wolf, oder welches Raubtier auch immer, wieder vorbeikommt. Und dann können wir ihn in Ruhe filmen und den anderen zeigen, welches Tier dort sein Unwesen treibt."

Tom hielt das für keine tolle Idee.

„Selbst wenn wir ein Raubtier treffen, das regelmäßig dorthin kommt, beweist das noch lange nicht, dass das auch das Tier ist, das Oma Rosa gebissen hat."

„Aber es wäre doch wahrscheinlich, oder?"

Tom sah den flehenden Gesichtsausdruck von Lars und gab nach. Denn etwas zu tun war schließlich immer noch besser, als den Dingen ihren Lauf zu lassen. Auch wenn er dem Vorschlag von Lars keine großen Erfolgschancen einräumte.

„Na gut, es ist einen Versuch wert. Aber versprich Dir nicht zu viel davon – und vorausgesetzt, Deine Mutter hat nichts dagegen."

„Nein, nein, das geht schon in Ordnung."

Amelie lächelte.

„In Deiner Begleitung weiß ich Lars in Sicherheit. Es wäre viel schlimmer, wenn er seinen geliebten Jack verlieren würde."

„Also ab Morgen jeden Tag nach der Schule für zwei Stunden, Treffpunkt meine Hütte?", fragte Tom und streckte Lars seine Hand entgegen.

„Abgemacht!"

Lars schlug begeistert ein.

**

Sie machten sich einen kleinen Hochsitz zunutze, der in dem Wäldchen nahe der Lichtung stand, von der Rosas Angreifer gekommen war. Von hier aus hatte man alles gut im Blick und war außerdem noch gegen Regen geschützt.

Lars staunte, als er sah, dass Tom einen großen Rucksack auf dem Rücken trug.

„Ist da etwa Deine Filmausrüstung drin?", fragte er neugierig.

Tom grinste.

„Nein, ich denke wir filmen mit dem Handy. Für das, was wir aufnehmen wollen, reicht die Qualität. Hast Du auch Dein Handy dabei?"

Lars nickte.

„Prima, dann können wir beide Aufnahmen machen und nachher die besten Szenen zusammenschneiden – wenn wir überhaupt dazu kommen, etwas zu filmen", schob er nach.

Es stellte sich schnell heraus, was Tom noch so alles mitgenommen hatte: Eine große Flasche Cola, Schokoriegel, ein Kreuzworträtsel samt Kuli, ein Fernglas, zwei Sitzkissen, eine Decke.

„Willst Du hier übernachten?", fragte Lars mit Blick auf den Rucksackinhalt.

Tom lachte auf.

„Nein, das hatte ich eigentlich nicht vor. Mit den Kissen und der Decke machen wir es uns bequem. Und Du glaubst gar nicht, wie durstig und hungrig man wird, wenn man Langeweile hat. Wenn´s gar zu schlimm wird, können wir Rätsel lösen."

„Mir wird bestimmt nicht langweilig!", meinte Lars entrüstet.

„Abwarten!", erwiderte Tom nur.

Die erste Stunde ging noch relativ schnell um. Lars untersuchte gründlich den Hochsitz und schoss Fotos in alle Richtungen. Sie beobachteten ein paar

Rehe auf der Lichtung und einige Kaninchen, die über das Gras hoppelten. Danach passierte nichts mehr. Die zweite Stunde zog sich zäh wie Kaugummi hin und Lars griff zu Cola und Schokoriegel.
Am Ende begann er sogar ein Kreuzworträtsel.

„Ich glaube, für heute haben wir genug", meinte Tom schließlich und beide machten sich auf den Heimweg.

**

Eine ganze Woche lang ging das so weiter und nun begann auch Lars, an dem Plan zu zweifeln.
Tom hatte Recht.
Selbst wenn das Raubtier regelmäßig die Lichtung besuchte, musste dies ja nicht gerade in den zwei Stunden passieren, in denen sie auf der Lauer lagen.
Dennoch wollte er nicht aufgeben.
Im Gegenteil.
Er musste eben nur so oft und so lange auf den Hochsitz gehen, bis das Ziel erreicht war.
Tom staunte nicht schlecht, als Lars ihm vorschlug, das ganze Wochenende auf dem Hochsitz zu verbringen. Er hatte eigentlich gedacht, Lars hätte bald genug von der ganzen Aktion.
„Ohne mich!", winkte er ab, „ich habe schließlich

auch noch etwas anderes zu tun. Und ob das Tier nun ausgerechnet am Wochenende vorbeischaut, ist genauso ungewiss wie in den zwei Stunden, die wir alltags dort verbringen."

Gegen diese Logik wusste Lars nichts einzuwenden.

Und trotzdem.

Oma Rosa war an einem Sonntag gebissen worden. Vielleicht kam das Tier ja aus irgendwelchen Gründen regelmäßig an den Wochenenden zur Lichtung.

Wenigstens war die Geschichte tagsüber passiert, so dass er nicht auf dem Hochsitz übernachten musste.

Seine Mutter war zwar von seiner Idee nicht begeistert, aber letztlich willigte sie doch ein, als Lars ihr noch einmal eindringlich erklärte, dass es um Leben oder Tod von Jack ging und er ihr versprach, im Falle eines Falles das Tier nur zu filmen und nicht von seinem Hochsitz herunterzuklettern.

Lars hatte von Tom gelernt und sich ebenfalls einen Rucksack gepackt. Neben dem obligatorischen Handy und etwas zu essen und zu trinken hatte er sich ein Buch mitgenommen, um sich die Zeit zu vertreiben.

Der Samstag war noch langweiliger als die Tage

zuvor. Es gab rein gar nichts zu beobachten. Am Ende des Tages hatte er das 400 Seiten starke Buch ausgelesen, das er mitgenommen hatte. Andere ungelesene Bücher hatte er im Moment nicht zu Hause und ihm graute schon vor dem nächsten Tag. Deshalb lieh er sich das Kreuzworträtselheft von Tom aus, um wenigstens etwas dabei zu haben, mit dem er die tödliche Langeweile bekämpfen konnte.

**

Ab 8:30 Uhr saß Lars am Sonntag wieder auf dem Hochsitz. Die Sonne war erst vor kurzer Zeit aufgegangen und es war noch lausig kalt. Er hatte seine dicke Winterjacke angezogen und kuschelte sich noch zusätzlich in eine Decke, die ihm seine Mutter mitgegeben hatte.
„Nicht, dass Du durch Deine kleinen Ausflüge noch krank wirst", hatte sie gesagt.
Aber so eingemummelt ließ es sich ganz gut aushalten. Der Vormittag verlief ohne größere Ereignisse und ab Mittag überkam ihn dermaßen die Langeweile, dass er tatsächlich zu Toms Kreuzworträtsel griff.

Er hatte gerade das erste Rätsel gelöst, als er Schritte in Richtung auf die Lichtung hörte. Ihm stockte vor Schreck der Atem. Hoffentlich war das nicht der Förster oder einer der Jäger, die den Hochsitz nutzten, denn Tom und Lars hatten für ihre Aktion nicht um Erlaubnis gefragt.

**

Bauer Hinrichs war spät dran. Seine Mutter, die im Dorfzentrum lebte, lag mit Grippe krank im Bett und er sollte ihr das Mittagessen bringen, das seine Frau für sie gekocht hatte. Ursprünglich hatte er mit dem Auto fahren wollen, aber seine Schafe weideten im Moment in der Nähe von Bauer Jessen und so war er zunächst zu ihnen gefahren, um nach dem Rechten zu sehen und anschließend noch ein kleines Schwätzchen mit Jessen zu halten.
Nun war es bereits 13 Uhr und der Weg zu Fuß durch das Wäldchen zu seiner Mutter war zeitlich kürzer, als den Umweg mit dem Auto zu fahren.

Der Angriff kam völlig überraschend.

Lars hörte nur ein kurzes Knurren und sah, wie ein großes graues Tier quer über die Lichtung schoss und Bauer Hinrichs ins Bein biss, bevor es wieder im Dickicht verschwand. Alles ging so schnell, dass er noch nicht einmal Zeit hatte, sein Handy in Position zu bringen und Fotos zu schießen, geschweige denn das Ganze zu filmen.

Bauer Hinrichs schrie vor Wut und Schmerzen auf.
„Verdammtes Biest! Wenn ich Dich erwische, dann
geht´s Dir an den Kragen!"
Er kramte ein Taschentuch aus der Hose und
versuchte, damit die Blutung zu stillen. Lars sah, wie
er umdrehte und den Weg zurück humpelte.
Wahrscheinlich wollte er möglichst schnell zu
seinem Auto, um zum Arzt zu fahren.
Nachdem der erste Schock vorbei war, wurde Lars
bewusst, dass er gerade die einmalige Chance
verpasst hatte, den Angreifer zu filmen.
Alle Arbeit war umsonst gewesen. Das
stundenlange Sitzen hier oben, das Frieren, die
nervtötende Langeweile.
Er hatte versagt und vielleicht würde er so eine
Chance nie wieder bekommen.
Tränen schossen in seine Augen.
Er wusste sich nicht anders zu helfen, als Tom
anzurufen. Vielleicht wusste der ja, was zu tun war.
Tom war wie elektrisiert, als Lars ihm per Handy
alles erzählt hatte. Er wollte sofort den Arzt
anrufen, der heute Notdienst hatte. Bauer Hinrichs
war sicher dorthin gefahren. Bevor der Arzt die
Wunde versorgte, sollte er eine Probe entnehmen,
damit ein DNA-Test angefertigt werden konnte.

„Also können wir doch noch feststellen, welches
Tier gebissen hat?", fragte Lars.
Tom wollte ihm nicht zu viel Hoffnung machen.

„Es ist jedenfalls nicht ausgeschlossen", meinte er vage.

Bauer Hinrichs saß bereits im Wartezimmer, als der Arzt Toms Anruf erhielt.

Er sicherte ihm zu, dass er die gewünschte Probe entnehmen würde, denn schließlich war es ja im Interesse des ganzen Dorfes, dass endlich herauskam, welches Tier hier sein Unwesen trieb. Und auch Bauer Hinrichs wollte die Wahrheit wissen.

Tom hatte glücklicherweise den Wolfsberater aus dem Wildpark auf dem Handy erreicht, der ihm zusicherte, sofort zu kommen und die Probe entgegenzunehmen und weiterzuleiten.

Er hatte ja nun am eigenen Leib erfahren, wie die Stimmung im Dorf war und wusste genau wie Tom, dass nur die Wahrheit die Leute wieder beruhigen konnte - vorausgesetzt natürlich, die Wahrheit bestand nicht in einem Wolfsbiss.

Für Tom und Lars wurden die nächsten beiden Tage zu einer endlosen Warteschleife.

Immer wieder fragten sie sich, ob eine DNA-Spur gesichert werden konnte und ob sie von einem Wolf stammte.

Tom ließ sich derweil von Lars das Aussehen des Angreifers schildern. Groß sollte er gewesen sein, und grau. Aber mit für Wölfe völlig untypischen Schlappohren, was eher für einen Hund sprach.

Einen großen grauen Hund.
In Toms Kopf rumorte es.
Er hatte das Gefühl, einen solchen Hund schon
einmal gesehen zu haben.
Aber er kam einfach nicht darauf, wo.

Tom und Lars konnten ihre Freude kaum fassen, als
sie endlich erfuhren, dass DNA-Material auf der
Wunde gesichert werden konnte und dieses
eindeutig nicht von einem Wolf stammte, sondern
von einem Hund.

„Der Mischlingshund von Bauer Jessen!", schoss es
Tom plötzlich durch den Kopf. Warum war er darauf
nicht schon früher gekommen!
Bauer Jessens Hund war eine Kreuzung zwischen
einem irischen Wolfshund und einem Dobermann,
wobei vom Aussehen her der irische Wolfshund
dominierte.
Wie sich herausstellte, wurde der Hund wochentags
auf dem Hof als Wachhund gehalten, da dann die
Familie größtenteils außer Haus war. Er sollte durch
sein Gebell und seine Aggressivität fremde
Personen vom Betreten des Grundstücks abhalten.
Am Wochenende aber, wenn alle zu Hause waren,
ließ der Bauer ihn frei herum laufen.
Daher war es zu beiden Übergriffen auch am
Wochenende gekommen.
Rosa und Bauer Hinrichs wären zwar am liebsten

bei ihrer Wolfsversion geblieben, die doch um so vieles dramatischer war, aber als Tom ihnen Bilder von dem Hund zeigte, mussten beide zugeben, dass dies der Angreifer war.

Die Gemüter der Dörfler beruhigten sich endlich wieder und das Thema Wolf verschwand von der Tagesordnung.

**

Es war einfach an der Zeit gewesen.
Er war nun schon zwei Jahre alt und wollte endlich sein eigenes Rudel gründen, eigenen Nachwuchs haben.
Aber da war noch etwas anderes.
Das Gehege war zwar weitläufig und bot eigentlich genug Platz für alle. Doch auch seine Weitläufigkeit hatte ihre Grenzen.
Wie oft war er an dieser Grenze entlang gelaufen, aus einem unbestimmten Antrieb heraus, vielleicht auch nur um zu überprüfen, ob der Grenzverlauf noch genauso aussah wie gestern.

Und dann war da plötzlich dieses Loch.

Und dahinter die schier endlose Welt.

Ein Ruck war durch seinen Körper gegangen und er war in sie hinausgestürmt, in diese verlockende Weite.

Er schien auf einmal seine wahre Berufung entdeckt zu haben: das Laufen.

Er lief und lief, jeden Tag weiter weg von seinem Rudel. Und ab und zu streckte er seine Nase in den Wind, prüfte die Witterung auf den Geruch fremder Wölfe. Immer wieder hob er den Kopf hoch in das unendliche Blau über ihm, stieß den Ruf aus, der schon seit Menschengedenken Wölfe miteinander in Kontakt bringt, heulte sich die Seele aus dem Leib auf der Suche nach einem Weibchen.

Doch sein Rufen blieb unbeantwortet.

Stattdessen nagte der Hunger an ihm.

Es machte ihm nichts aus, ein paar Tage ohne Fressen zu sein, doch aus den Tagen waren mittlerweile Wochen geworden und bis auf ein paar Mäuse zwischendurch hatte er nichts erlegen können.

Wie auch?

Er war es gewohnt, sein Fressen vom Menschen zu erhalten, darauf war immer Verlass gewesen.

Er war schon stolz auf sich, dass er es überhaupt schaffte, hin und wieder einen kleinen Nager zu erwischen.

Aber nun brauchte er endlich eine größere Portion Fleisch. Da passte es, dass der Geruch von Rehen in der Luft lag.

Jack folgte seiner Nase und erreichte schließlich eine kleine Lichtung, auf der sich einige Tiere zum Äsen versammelt hatten. Zunächst beobachtete er die Gruppe genau. Er wollte sich ein Reh aussuchen, das möglichst leicht zu erlegen war. Er entschied sich für eine junge, schlanke Ricke, deren Widerstandskraft er für nur gering einschätzte. Nun galt es.

Er stürmte auf die Gruppe zu und sah, dass die Ricke am äußeren Rand lief, also für ihn leicht erreichbar. Schnell schloss er zu dem Tier auf und biss es immer wieder in seinen Hinterlauf, um es von der Gruppe zu trennen. Und tatsächlich, endlich brach die Ricke aus und versuchte, sich ihm durch eine rasante Flucht zu entziehen. Aber ihr Vorsprung war nur von kurzer Dauer. Jack nahm sofort die Verfolgung auf und war schließlich wieder ganz nah an der Seite des Tieres. Der intensive Duft von Wildfleisch stieg in seine Nase und berauschte seine Sinne. Instinktiv wusste er, dass er das Reh auf den Boden zwingen musste.

Aber wie?

Die Ricke begriff unterdessen, dass ihr Jäger ein Anfänger war und außerdem allein. Sie hatte also eine gute Überlebenschance.

Und die nutzte sie.

Plötzlich und für Jack völlig überraschend blieb sie stehen und trat mit ihren Hufen nach ihm. Der erste Tritt traf ihn empfindlich an der Brust und er wich einen Schritt zurück. Das war das Zeichen für die Ricke, ihre Verteidigung in gleicher Weise fortzusetzen. Die Tritte prasselten nur so in Richtung Jack und da ihm nicht einfiel, wie er ohne Verletzungsgefahr doch noch zu seinem Ziel kommen konnte, ließ er von dem Reh ab und trollte sich von dannen.

Der Angriff hatte ihn einiges an Kraft gekostet und nichts gebracht. Sein Magen rebellierte und der Hunger wütete immer noch schmerzhaft in seinem Körper.

Er hatte keine andere Wahl.

Wollte er nicht verhungern, blieb ihm nichts anderes übrig, als zum Gehege zurückzukehren. Niedergeschlagen machte er sich auf den Heimweg, denn er wusste genau, er würde mit seiner Freiheit für sein Überleben zahlen.

Jetzt merkte er erst, wie viele Kilometer er sich schon von seinem Rudel entfernt hatte. Er spürte, wie er immer schwächer wurde und ihm das Laufen zunehmend schwerer fiel.

Ohne ein größeres Stück Fleisch hatte er kaum eine Überlebenschance.

Doch das Glück war ihm wohl gesonnen und er fand

nach einer Weile den Kadaver eines Kaninchens, dessen Leben der Winter ein jähes Ende gesetzt hatte.

Er war zwar noch lange nicht satt nach dieser Mahlzeit, aber es reichte, um seine Kräfte für die Fortsetzung seines Wegs zu stärken.

Als er jedoch schließlich seine alte Heimat erreichte, war er genauso ausgehungert wie vorher.

Er war gar nicht mehr so weit vom Gehege entfernt, als ihm ein unbekannter Geruch in die Nase stieg.

Sollten etwa Beutetiere in der Nähe sein? Bekam er noch einmal eine Chance?

Wieder folgte er seiner Nase und kam schließlich zu einer Schafsweide.

Beim Anblick der Tiere erkannte er schnell, dass sie die richtige Größe hatten, um sie problemlos zu Fall zu bringen.

Er war wie elektrisiert.

Dies war seine Gelegenheit, satt zu werden *und* in Freiheit zu bleiben.

Die Herde war unbewacht. Es war kein Mensch oder Hund zu sehen. Nur ein einfacher Weidezaun trennte ihn von seinem Glück. Doch Zäune waren überwindbar, so hatte es ihn die Erfahrung bereits gelehrt. Dieser hier hatte zwar kein Loch wie der alte Gehegezaun, aber eine andere Schwachstelle: Ein Befestigungsstab saß nur noch locker in der Erde und ließ sich mit etwas Gewicht in Richtung Boden drücken.

Weit genug jedenfalls, um darüber zu springen.
Einmal im Gehege, stürmte er sofort auf die Herde
zu.

**

Sie hatte noch nie zuvor im Leben so ein Tier
gesehen.
Aber das Wissen von Milliarden von Beutetieren
von Anbeginn der Zeit her sagte ihr, dass sie nun um
ihr Leben kämpfen musste.
Sie lief eng neben ihrer Mutter und wie alle anderen
auch stob sie panisch durch das Gelände. Zu ihrem
Pech befanden sie und ihre Mutter sich am
Rand der Herde, also der Stelle, die am ehesten
angegriffen wurde.
Sie versuchte, sich in die Mitte der Gruppe zu
zwängen. Aber genau wie ihr war allen Tieren klar,
dass nur dort relative Sicherheit herrschte und
natürlich drängten alle Schafe vom Rand aus in die
Mitte - und natürlich gaben die Tiere dort ihre
Position nicht so einfach auf.
Sie spürte den Atem des Raubtieres bereits dicht
neben sich und schon hatte er in ihr äußeres
Hinterbein gebissen, als sie einen gewagten
Rettungsversuch startete.
Sie beging nicht den tödlichen Fehler, ihr Heil in der
Flucht aus der Herde zu suchen.

Wohin sollte sie auch fliehen?

Überall war der Weidezaun in Sichtweite. Nein, sie nahm all ihre Kraft zusammen – und sprang in die Mitte zwischen die Tiere. Wäre sie gestürzt, hätten die anderen Tiere sie sicherlich tot getrampelt, oder zumindest so schwer verletzt, dass sie hätte zurückbleiben müssen und ein umso leichteres Opfer für den Angreifer geworden wäre.

Aber sie hatte Glück.

Mit dem Gewicht ihres Aufpralls drängte sie zwei Schafe auseinander, quetschte sich in die Lücke und kam auf ihre Beine zu stehen, wo sie sofort mit den anderen das wilde Fluchttempo aufnahm.

Aus den Augenwinkeln konnte sie beobachten, wie das Raubtier nun dicht neben ihrer Mutter lief.

**

Für einen Moment lang war der Wolf verblüfft.

Seine Beute, die er schon so sicher in seiner Gewalt glaubte, war plötzlich inmitten der Herde untergetaucht.

Aber er verschwendete keinen Gedanken daran, sie zu verfolgen, denn ihm war klar, dass er sich kaum durch die Vielzahl der Tierkörper würde drängen können.

Doch so ein Fehler durfte ihm nicht noch einmal unterlaufen.

Er hatte einfach zu lange damit gewartet, das Tier aus der Herde heraus zu treiben.

Er wandte sich schnell dem nächsten neben ihm laufenden Schaf zu, das nicht so gewieft war wie das jüngere Tier vorher und das er mit energischen Bissen von der Herde wegdrängte.

Und kaum hatte es sich aus der Herde gelöst, sprang der Wolf an seinen Hals, verbiss sich in ihm und brachte es durch sein Gewicht zu Fall. Ein, zwei kurze energische Bisse in den Nacken und das Schaf war tot.

Das Raubtier stillte seinen gröbsten Hunger an ihm, aber der Blick auf die immer noch wild laufenden Schafe, die sich nicht wirklich aus dem Gefahrenbereich entfernen konnten, ließ den Jagdtrieb erneut in ihm aufflammen.

Es war so einfach, zum Ziel zu kommen und wer wusste schon, wann er das nächste Mal so gute Beute machen konnte.

Nacheinander erlegte er noch einen Schafbock und zwei Einjährige. Jedes Mal fraß er ein paar Happen Fleisch, ehe er wieder durchstartete. Nach dem vierten Tier waren sein Hunger und sein Jagdtrieb endlich gestillt.

Satt verließ er die Weide auf demselben Weg, wie er sie betreten hatte.

Auf jeden Fall würde er hierher zurückkehren, das

stand für ihn fest. Sei es, um wieder von den Kadavern zu fressen oder sie für schlechte Zeiten sicher zu verscharren.

Oder um erneut Beute zu machen.

Es war vielleicht auch gar nicht so schlecht, fürs erste in dieser Gegend zu bleiben. Zwar hatte er noch kein anderes Weibchen getroffen oder andere einzelne Wölfe, denen er sich anschließen konnte. Aber es war bestimmt sinnvoller, satt und geduldig auf durchziehende Artgenossen zu warten, als nach ihnen unter der Gefahr des Verhungerns in einer fremden Gegend zu suchen.

**

Der Morgennebel lag noch tief über der Schafweide und die Sonne kämpfte sich nur langsam durch das dichte Grau.

Als Bauer Hinrichs auf seinem morgendlichen Kontrollgang dort ankam, konnte er die Tiere zunächst nur schemenhaft erkennen. Jedoch fiel ihm auf, dass sie dicht gedrängt beieinander standen, so als fürchteten sie sich vor etwas. Als er ein Stück auf der Weide gegangen war, sah er, dass vier Tiere reglos auf dem Boden lagen. Er beschleunigte seine Schritte, bis er beim ersten Tier angelangt war.

Sein Anblick erschütterte ihn in Mark und Bein. Um den Hals herum war eine große Blutlache zu sehen. Augenscheinlich war das Schaf hier mehrmals gebissen worden. Im Todeskampf hatte es die Augen nach oben verdreht, die Zunge hing ihm aus dem Maul, der Bauch war aufgerissen und die Eingeweide lagen offen, waren zum Teil aufgefressen. Das ganze Tier war blutverschmiert. In böser Vorahnung hastete er zu den anderen am Boden liegenden Schafen.

Bei jedem bot sich ihm das gleiche Bild.

Wutentbrannt griff er zu seinem Handy und rief den Wolfsberater an, denn ihm war sofort klar, wer der Übeltäter gewesen sein musste. Zwei Stunden später waren der Berater und ein Fachmann vor Ort, der allen toten Tieren DNA-Proben entnahm.

„So eine Sauerei!", schimpfte Hinrichs, immer noch in Rage. „Die ganze Arbeit umsonst! Zwei der Tiere hätte ich bald schlachten können. Wer ersetzt mir jetzt den Schaden?"
„Wie ich bereits beim Info-Abend gesagt hatte", erklärte ihm der Berater in aller Ruhe, „wird der Schaden von der Behörde ersetzt, sobald sich über die DNA-Proben herausstellt, dass die Bisse von einem Wolf stammen. Falls das der Fall ist, würde ich Ihnen allerdings raten, die Herde in Zukunft mit ausgebildeten Hunden vor Wölfen zu schützen. Und

die einfachen Weidezäune durch Elektrozäune zu ersetzen."

„…was mich beides zusammen ein Schweinegeld kosten würde", ergänzte Hinrichs aufgebracht. „Da kassiere ich doch lieber jedes Mal Schadensersatz für die gerissenen Tiere."

„So einfach ist das nun auch wieder nicht. Schadensersatz wird nur dann gezahlt, wenn Sie die zumutbaren Schutzmaßnahmen ergriffen haben - und dazu werden beim nächsten Mal auf jeden Fall die Elektrozäune zählen…"

Bauer Hinrichs wollte gerade wieder losschimpfen, da fuhr der Berater fort:

„…von deren Kosten sie allerdings, wie ja damals schon Frau Nissen erklärt hat, 80% ersetzt bekommen. Und Schadensersatz für gerissene Tiere gibt es natürlich nur dann, wenn die Schafe überhaupt von Wölfen getötet worden sind. Immerhin sind zur Zeit zwei Drittel der gerissenen Tiere Opfer von wildernden Hunden…"

Hinrichs wischte diesen Einwand mit einer Handbewegung weg, so als ob das alles Unsinn wäre.

„Fakt ist aber, dass ich unter den genannten Umständen Wolfsschäden immer ersetzt bekomme, oder?", hakte er noch einmal nach.

Dem Wolfsberater wurde sichtlich unwohl in seiner Haut.

„Nun ja", druckste er herum, „nach einer EU-Vorgabe darf das Land einem Tierhalter innerhalb von drei Jahren 100% Schadensersatz für Schäden bis maximal 15.000 € zahlen, darüber hinaus gehende Schäden werden nicht erstattet."
Bauer Hinrichs Gesicht lief vor Wut rot an.
„Wir müssen uns hier mit dem Raubzeug arrangieren und wenn es zu größeren Schäden kommt, lässt uns das Land im Regen stehen?"
„Na ja, so würde ich das nicht sagen. Verschiedene Naturschutzbünde und Wolfsorganisationen haben einen Wolfsgarantiefonds gegründet, um in solchen Fällen die Entschädigungen durch den Staat zu ergänzen", versuchte der Wolfsberater ihn zu beruhigen.
„Doch angenommen, es kommt in größerem Umfang als gedacht zu teuren Entschädigungsfällen und der Wolfsgarantiefonds ist erschöpft, dann sind wir Bauern die Dummen?", schlussfolgerte Hinrichs.
„In diesem Extremfall ja", gab der Berater widerwillig zu, „aber davon sind wir ja noch weit entfernt."
„Ihr Wort in Gottes Gehör!", meinte Hinrichs nur und zog von dannen.

Auf den Schock genehmigte er sich erst einmal ein Bier in der Dorfschänke. Ein paar andere Bauern waren auch da, die gerade ihre Mittagspause dort verbrachten.

Natürlich erzählte Hinrichs sofort, was passiert war und von der Tatsache, dass langfristig die Gefahr bestand, für Schafsverluste durch Wölfe nicht vollständig entschädigt zu werden.

„Es ist mal wieder wie immer", hetzte Bauer Jessen. „Die Politik denkt sich irgend so ein Projekt aus, ohne vorher über alle Konsequenzen nachzudenken und vor allem, ohne vorher die Betroffenen nach ihrer Meinung zu fragen. Und wenn´s schief geht, dürfen wir die Suppe auslöffeln, die sie uns eingebrockt haben."

„Nu warte erst mal ab, Jessen", versuchte ihn der benachbarte Bauer Petersen zu beruhigen. „Schließlich hat der Wolfsberater nicht ganz Unrecht. Im vorigen Jahr habe ich drei Tiere durch Angriffe wildernder Hunde verloren. Gefasst wurden sie nie und Entschädigung bekam ich auch nicht dafür. Insofern steht sich Hinrichs doch jetzt besser, als wenn die Verluste wieder auf das Konto von Hunden gingen."

Er erntete allgemein zustimmendes Gemurmel für seine Äußerung.

Selbst Bauer Hinrichs musste ihm Recht geben.

„Ich habe auch vor ein paar Jahren fünf Schafe durch Hunde verloren, ohne irgendeinen Cent dafür zu sehen. - Es ist wahrscheinlich wirklich das Beste, erst einmal abzuwarten, wie der Antrag auf Entschädigung von Husum bearbeitet wird."

Bauer Jessen schwieg dazu. Ihm passte es nicht, dass sich die anderen durch die Aussicht auf Schadensersatz so leicht von ihrer Wut auf Wölfe abbringen ließen.

Er hätte es lieber heute als morgen gesehen, dass Tom Smith und seine Tiere die Gegend verließen und sie endlich wieder wolfsfrei war. Sie gehörten einfach nicht hierher.

Nur als einzelner würde es schwer werden, das zu erreichen.

Als Hinrichs einige Wochen später den kompletten Schaden ersetzt bekam, war für die meisten Bauern das Thema Wolf tatsächlich erledigt.

Aber Bauer Jessen war sich sicher, dass der Wolf irgendwann erneut Ärger machen würde. Und es konnte nur eine Frage der Zeit sein, dass er in Kontakt mit Menschen treten würde. In all den Jahrtausenden vorher hatte es niemals ein dauerhaftes, friedvolles Zusammenleben zwischen Menschen und Wölfen gegeben.

Auch jetzt würde das nicht so sein.

Er musste nur auf die passende Gelegenheit warten und dann würde er sicher genug Unterstützer gegen Tom Smith finden.

Die Hatz

Sven Hansen hatte den Laden für die Mittagspause abgeschlossen. Es war 13 Uhr. Geöffnet wurde wieder um 15 Uhr. Schließlich war man auf dem Land, wo nur die großen Supermärkte durchgehende Öffnungszeiten hatten.
Ansonsten ging es hier immer noch beschaulich zu. Nachdem er zu Hause zu Mittag gegessen hatte, lockte ihn die erste Frühjahrssonne zu einem Spaziergang über das nahe gelegene Feld. Als sein Blick über die karge Erde wanderte, die noch nicht vom Bauern bestellt worden war, entdeckte er in etwa 100 Metern Entfernung ein großes Tier, das sich in seine Richtung bewegte. Zunächst dachte er, es sei der Hund von Bauer Jessen, da es eine gewisse Ähnlichkeit mit ihm hatte. Doch dann fiel ihm ein, dass der Hund wochentags ja auf dem Hof eingesperrt war.
Als das Tier noch etwa 50 Meter von ihm entfernt war, dämmerte es ihm, dass es sich um einen Wolf handeln könnte. Sofort dachte er an Tom und sein Rudel. Nur – wenn er das Tom erzählen würde, würde er ihm sicher nicht glauben, dass er einen Wolf – wahrscheinlich sogar den entlaufenen Wolf - gesehen hatte. So zückte er schnell sein Handy, um Bilder von dem Tier zu machen.
Er war der festen Annahme, dass der Wolf bald abdrehen würde, sobald er sich sicher war, auf einen Menschen gestoßen zu sein.
Doch nichts dergleichen geschah.

**

Jack stieg ein bekannter Geruch in die Nase:
Menschen.
Er dachte sofort an Tom und das Fleisch, das er
regelmäßig für das Rudel ausgelegt hatte. Und auch
an die wilden Balgereien mit Lars und den Welpen.
Sie hatten eine schöne Zeit gehabt.
In der Ferne sah er einen Zweibeiner laufen.
Vielleicht war es ja einer der beiden?

**

Der Wolf kam bis auf 10 Meter heran und für einen
kurzen Moment sahen sich er und Hansen in die
Augen.
Sven dachte daran, dass man in so einer Situation
nicht weglaufen sollte. Er bewegte sich also
langsam zurück und als das Tier keine Anstalten
machte, sich zu entfernen, riss er die Arme hoch
und schrie „Hau ab!" in seine Richtung.
Da endlich drehte sich der Wolf um und trottete
davon.

Sven war nun eigentlich kein ängstlicher Typ, aber
als er wieder in seine Wohnung zurückkehrte,
schlotterten ihm doch die Knie.
Was hätte er getan, wenn der Wolf sich nicht durch

sein Schreien hätte vertreiben lassen? Hätte er sich bei einem Angriff erfolgreich wehren können? Schließlich hatte er keinerlei Waffen dabei gehabt. Mit zitternden Händen wählte er Toms Telefonnummer.

Er erzählte ihm von dem ganzen Vorfall und sandte ihm die Fotos per Handy. Dann wurde er eindringlich.

„Tom, Du musst etwas tun. Stell Dir vor, der Wolf wäre nicht mir, sondern irgendeinem anderen aus dem Dorf begegnet. Dann hätten wir hier wieder die schönste Hysterie. Du musst den Vorfall unbedingt der Husumer Behörde melden. Es ist ja nicht ausgeschlossen, dass das Tier sich nochmals jemandem so nähert. Jedenfalls scheint er keine Menschenscheu zu haben."

„Ja, leider", bedauerte Tom. „Ich dachte gerade, wir hätten endlich ein bisschen Ruhe, da die Bauern sich anscheinend unter der Voraussetzung der Entschädigung mit den hin und wieder vorkommenden Schafsverlusten arrangieren können. Und jetzt so etwas! Andererseits musste ich ja fast damit rechnen, denn Jack kennt eben durch mich und Lars Menschen. Ich hatte nur gehofft, dass er gegenüber anderen scheu bleibt."

„Bleibt er wohl aber nicht", entgegnete Sven trocken. „Was willst Du jetzt tun?"

„Ich werde jedenfalls nicht wieder den Fehler begehen, alles unter den Teppich kehren zu wollen."

Sven atmete erleichtert auf.

„Aber an die große Glocke hängen werde ich das Ganze auch nicht."

„Und das heißt dann konkret?", fragte Sven.

„Ich werde die Sache Peer Knudsen in Husum melden und sonst nirgendwo. Und mit ihm allein werde ich die nötigen Maßnahmen besprechen. - Und ich setze darauf, dass Du niemandem von dem Vorfall erzählst."

„Wenn Du Dich mit Knudsen kurzschließt, kannst Du auf mich zählen", sicherte ihm Sven zu.

„Also gut, so soll es sein."

Und damit legte Tom auf.

**

Sofort nach dem Gespräch mit Sven rief Tom Peer
Knudsen an und erzählte ihm, was vorgefallen war.
Der war alles andere als begeistert.

„Du weißt, das letzte, was wir vor der Auswilderung
Deiner Tiere brauchen, ist ein Wolf, der
verhaltensauffällig ist", meinte er. „Wir müssen
schnellstmöglich dafür sorgen, dass er sich wieder
normal verhält."

„Und wie willst Du das erreichen?", fragte Tom.

„Wir stehen seit kurzem in Kontakt mit einem
schwedischen Wolfszentrum, deren Mitarbeiter
schon jahrelang Erfahrungen mit Problemwölfen
haben. Es gibt dort einen Experten, Edvin
Gustafsson, mit dem ich die Angelegenheit
besprechen werde. Ich hoffe, er nimmt sich der
Sache an. Das Beste wäre, er und Du könnten
zusammenarbeiten. Du kennst Deine Wölfe am
besten und er weiß, was in solchen Fällen zu tun ist.
Dein Wolf ist für ihn nicht der erste, der Ärger
macht. Bist Du einverstanden, dass ich ihm Deine
Telefonnummer gebe?"

„Ja, natürlich", stimmte Tom sofort zu. „Ich werde
alles tun, was in meiner Macht steht, um Jack
wieder zu einem normalen Verhalten zu bringen."

Knudsen hatte Glück. Edvin Gustafsson erklärte sich
bereit, für ein paar Tage nach Norddeutschland zu

kommen und mit dem Wolf zu arbeiten. Kaum im Dorf angekommen, verabredete er sich mit Tom in dessen Hütte.

„Wie wollen Sie die ganze Sache angehen?", fragte Tom ihn sofort offen heraus.

„Wir haben in Schweden ganz gute Erfahrungen mit der sogenannten Vergrämung gemacht", begann Gustafsson zu erklären. „Dabei nähern wir uns dem Tier auf maximal 30 Meter Entfernung und versuchen, ihn durch Lichteffekte, Lärm oder notfalls auch Gummigeschosse zu vertreiben. Auf diese Art soll er wieder lernen, Scheu vor dem Menschen zu entwickeln."

„Und das funktioniert?", fragte Tom skeptisch.

„Es funktioniert vor allem dann", meinte der Experte, „wenn wir die Ursache für das unerwünschte Verhalten kennen. Also wenn wir zum Beispiel wissen, dass der Wolf durch Nahrung angelockt wurde oder durch eine läufige Hündin, die der Mensch bei sich führte, und die er als potentielle Partnerin angesehen hat. Wenn wir die Vergrämung dann in einer ähnlichen Situation durchführen können, sind wir tatsächlich meistens erfolgreich. Bei Tieren hingegen, bei denen wir die Ursachen nicht kennen und die sich immer wieder dem Menschen bis auf kurze Distanz nähern, liegt die Erfolgsquote unter 30%. Daher ist es für mich wichtig, von Ihnen zu erfahren, worin die Ursache des Verhaltens von Jack ihrer Meinung nach liegen könnte."

„Wissen Sie", holte Tom aus, „Jack ist im Gehege aufgewachsen. Wie Sie vielleicht bereits von Peer Knudsen erfahren haben, beobachte und filme ich die Tiere schon seit längerem. Im Frühjahr dieses Jahres sollen sie ausgewildert werden. Aufgrund der Begrenztheit der Fläche war es nicht möglich, dass sich das Rudel durch Jagd ernährt. Also habe ich es immer mit Futter versorgt, Fleisch ausgelegt und so weiter. Da ich oft in der Nähe des Rudels zum Filmen war, haben sich die Tiere an mich gewöhnt und mich als eine Art Rudelmitglied akzeptiert. Sie begrüßen mich jedes Mal, wenn ich zu ihnen komme. Und Lars auch. Lars ist ein zehnjähriger Junge, der erst seit kurzem zu mir gestoßen ist und völlig vernarrt in die Tiere ist. Er ließ sich nicht vom Gehege fern halten und so begleitet er mich nun bei meiner Arbeit. Die Wölfe haben ihn mittlerweile genauso wie mich akzeptiert und er spielt sogar mit ihnen."

Gustafsson war während der Schilderung von Tom immer ernster geworden.

„Das ist natürlich eine äußerst schwierige Ausgangssituation. Die Tiere sind über einen langen Zeitraum von Menschen gefüttert worden und haben zweimal, nämlich in ihrer Person und der von Lars, die Erfahrung gemacht, dass man vor Menschen keine Angst zu haben braucht – mehr noch, dass man von ihnen sogar Futter bekommt und mit ihnen spielen kann. Unsere Erfahrungen beziehen sich dagegen sämtlich auf Wölfe, die nur kurzfristig vom Menschen gefüttert wurden oder eben Hunde als Anlass nahmen, sich dem Menschen stark zu nähern. Unter ihren Umständen ist es äußerst fraglich, ob die Vergrämung erfolgreich sein kann."

„Gibt es denn keine andere Möglichkeit?", fragte Tom verzweifelt.

Gustafsson dachte nach.

„Es gibt vielleicht noch eine Alternative", begann er zögerlich, „allerdings wird die schwer umzusetzen sein."

„Das ist mir egal", sagte Tom sofort, „Hauptsache, sie ist erfolgsversprechend."

„Wir haben die Erfahrung gemacht", erklärte Gustafsson, „dass Wolfsrüden ihr Verhalten ändern können, wenn sie mit einem Weibchen zusammenkommen, das sich anders verhält. Wir bräuchten also eine Wölfin, die scheu ist, und der sich Jack anschließt."

Toms Gesicht hellte sich auf.

„So eine Wölfin gibt es in meinem Rudel. Es ist die Leitwölfin Leandra. Sie war ursprünglich eine Unterwölfin, aber Jack hat sie dazu gebracht, ein selbstbewusstes Weibchen zu werden. Ich denke, er mag sie sehr. Und sie ist trotz allem scheu geblieben. Sie hat mich oder Lars niemals begrüßt so wie die anderen es immer taten und ist auf Distanz gegangen, sobald wir auch nur in ihre Nähe gekommen sind."

„Das hört sich gut an", meinte Gustafsson erleichtert. „Ich verspreche mir jedenfalls wesentlich mehr davon, es auf diese Weise zu versuchen als von der Methode der Vergrämung."

**

Gleich am nächsten Tag trafen sich die beiden Männer, um ihren Plan umzusetzen. Sie machten sich dabei das Verhalten von Leandra zunutze, die sofort auf Abstand ging, sobald Tom das Gehege besuchte. Während Tom also stürmisch vom Rudel begrüßt wurde, zog sich Leandra auf etwa 20 Meter Entfernung von ihm zurück. Gustafsson hatte das Verhalten der Wölfin von einem nahen Gebüsch aus beobachtet. Als sie sich vom Rudel abgesondert hatte, verpasste er dem Tier mit einem nahezu lautlosen Schuss aus seinem Spezialgewehr eine Betäubung, die sie innerhalb kürzester Zeit in die Knie gehen ließ.

Während Tom die anderen Wölfe nun zusätzlich durch das Auslegen von Futter ablenkte, schaffte Gustafsson die bewusstlose Wölfin aus dem Gehege und auf einen Transporter.

Dann gab er Tom Bescheid, dass alles gut gegangen war.

Die beiden fuhren zu einer Lichtung nicht weit vom Gehege entfernt, auf der sie das Tier ablegten.

„Wir werden jetzt warten, bis sie wieder zu sich kommt", erklärte er Tom. „nur, um sicherzugehen, dass alles in Ordnung ist."

„Und dann?", fragte Tom.

„Dann können wir nur beten, dass die beiden Tiere möglichst bald zusammenkommen."

Tom seufzte.

„Hoffen wir das Beste."

„Ich werde noch eine Weile im Dorf bleiben, bis wir wissen, wie die Sache ausgegangen ist", meinte Gustafsson. „Wenn die Wölfe tatsächlich zusammenkommen und Jack sein Verhalten ändert, ist meine Mission hier beendet."

„Und wenn nicht?", fragte Tom ängstlich.

Gustafsson schwieg für einen Moment.

„Dann werde ich mich noch einmal mit Peer Knudsen in Verbindung setzen."

**

Auch wenn er bisher in diesem Revier noch keinen Erfolg hatte, sandte Jack weiterhin von Zeit zu Zeit seine heulenden Rufe hinaus in die Welt, immer noch in der Hoffnung, dass er irgendwann eine Antwort bekommen würde.

Er hatte gerade seinen Kopf wieder eingezogen, als er in der Ferne vertraute Töne hörte – ein anderer Wolf hatte ihm geantwortet. Gebannt lauschte er in

den Wald hinein, hörte, wie die Melodie des
anderen Tiers von neuem erklang. Und
sie kam ihm so bekannt vor. Wieder und wieder hob
er den Kopf für sein Geheul, während er
zwischendurch in Richtung der Antwort lief, die er
jetzt regelmäßig erhielt. Und plötzlich war er sich
sicher:
Dies war das Heulen von Leandra!
Wie konnte das nur sein? War auch sie aus dem
Gehege geflohen?
Schneller und immer schneller wurde sein Lauf, bis
sie sich schließlich gegenüberstanden.
Kein Zweifel, es war Leandra.
Stürmisch begrüßten die beiden sich und in Jack
keimte die Hoffnung, dass er vielleicht doch noch
ein eigenes Rudel würde gründen können.

**

Gustafsson hatte eine einfache Methode, um
herauszufinden, wo sich Leandra gerade befand. Er
folgte einfach ihren Spuren ab der Lichtung.
Irgendwann fand er weitere Wolfsspuren, die ihm
zeigten, dass Leandra Jack getroffen haben musste.
Nun kam es darauf an, wie Jack sich in Gesellschaft
von Leandra verhalten würde, wenn er auf einen
Menschen stieß.
Gustafsson nahm die Verfolgung der beiden auf.

Mehrmals gelang es ihm, die beiden Tiere anzutreffen, aber jedes Mal entfernte sich Leandra rasch und Jack machte es ihr nach.

Mehr noch, beide versuchten bald, eine möglichst große Distanz zu ihm zu halten, so wie es dem natürlichen Verhalten von Wölfen entsprach.

So konnte Gustafsson Tom bald Entwarnung geben.

„Ich glaube, unser Plan hat funktioniert!", berichtete er Tom freudestrahlend.

Tom fiel ein Stein vom Herzen.

„Gottseidank!"

„Ich werde Morgen wieder nach Schweden zurückreisen", teilte ihm der Experte mit. „Natürlich nicht, ohne vorher Peer Knudsen über unseren Erfolg zu unterrichten... Und falls es noch einmal Probleme geben sollten, zögern Sie nicht, mich anzurufen."

Gustafsson gab Tom seine Handy-Nummer und beide verabschiedeten sich herzlich.

**

Während der ersten Zeit genossen Leandra und Jack ihr Wiedersehen. Sie streunten zusammen durch die Wälder und schafften es sogar vereint, eins von den kleinen, nur ein halbes Jahr alten Rehen zu erlegen.

Es tat so gut, sich endlich einmal wieder den Bauch vollschlagen zu können!

Doch Leandra wurde zunehmend unruhiger. Sie hatte ihr eigenes Rudel nicht vergessen und auch nicht Master, den Leitwolf. Immer wieder trieb es sie zum Gehege, dessen Grenze sie ablief.

Jack folgte ihr, blieb jedoch in einiger Entfernung zum Zaun.

Was wollte sie nur immer wieder hier?

Schließlich gelangte Leandra zu der Stelle der Umfriedung, wo im Winter ein Loch gewesen war. Nun war da eine kleine schwarze Wand. Vorsichtig stupste sie mit ihrer Nase dagegen. Ein Stück weit schien die Wand nachzugeben. Sie versuchte es noch einmal, und tatsächlich, die Wand öffnete sich etwas.

Sie drehte sich um und sah, wie Jack sie aus ein paar Metern Entfernung beobachtete.

Wie schön wäre es, wenn sie beide zum Rudel zurückkehren würden. Sie lief zu ihm herüber, stieß ihn an, jaulte, lief wieder zu der beweglichen Wand im Zaun zurück.

Aber Jack machte keine Anstalten, ihr zu folgen. Er hatte seine Entscheidung längst getroffen. Er wollte in Freiheit bleiben und versuchen, trotz aller Widrigkeiten ein eigenes Rudel zu gründen.

Schade nur, dass ihm dies anscheinend nicht mit Leandra gelingen würde.

Nachdem Leandra immer wieder versucht hatte, Jack zum Zaun zu locken, gab sie es auf.

Er hatte dort draußen nichts zu verlieren, aber sie.
Sie war schließlich schon Leitwölfin und hatte ein
eigenes Rudel, würde eigene Welpen aufziehen.
Und sie vermisste Master.
Ein letztes Mal drehte sie sich zu ihm um, jaulte ihm
noch einmal zu. Dann verstärkte sie den Druck auf
die Wand und verschwand hinter der sich
öffnenden Tür.
Noch eine Weile blieb Jack in der Nähe des Zaunes,
in der Hoffnung, Leandra würde es sich noch einmal
anders überlegen und zu ihm zurückkehren.
Dann begriff er, dass sie sich endgültig von ihm
getrennt hatte.
Er kehrte dem Gehege den Rücken zu und
verschwand im Wald.

Natürlich blieb es Tom nicht lange verborgen, dass
Leandra zum Rudel zurückgekehrt war. Und es
beunruhigte ihn sehr.
Was war wohl passiert und vor allem, welche
Auswirkung hatte das auf Jacks Verhalten?
Er informierte sofort Gustafsson.
„Jetzt können wir nur hoffen, dass er auch ohne
Leandra menschenscheu bleibt", meinte der nur.

**

Jonas Svensson war eigentlich die Ruhe in Person. Leben und leben lassen, das war schon immer seine Devise gewesen.

So hatte er sich bisher aus den Diskussionen um Tom Smith und sein Wolfsprojekt herausgehalten, denn er liebte die Natur genauso wie Tom und verstand, warum es ihm so wichtig war, dass Wölfe wieder in freier Wildbahn leben konnten. Der Mensch hatte schließlich kein Recht, einer ganzen Tierrasse die Lebensberechtigung zu verweigern.

Nur fürchtete er wie die meisten anderen im Dorf die Konflikte mit diesen Raubtieren: Der Wolf war ein äußerst intelligenter Jäger und stand fast an der Spitze der Nahrungskette – direkt hinter dem Menschen.

War es möglich, dass sich beide gegenseitig tolerierten?

Und er dachte nicht nur an die Toleranz des Menschen gegenüber dem Wolf, sondern auch an die umgekehrte Richtung.

Sicher, der Mensch hatte es geschafft, mit einer Abart des Wolfes in relativem Frieden zusammenzuleben: dem Hund.

Sofort musste er grinsen, weil er an seinen Golden Retriever dachte, den er als Welpen gekauft und großgezogen hatte und der nun schon sechs Jahre alt war.

Aber die Hunde hatte sich der Mensch ja auch nach seinem Willen geformt...

**

Jack hatte ein solches Tier noch nie gesehen. Es hatte ungefähr die Größe eines Wolfes, roch aber völlig anders. Trotzdem war sein Verhalten wolfsähnlich. Er sah, wie es genau wie er das Revier markierte, die Nase zum Wittern in die Luft hob. Und auch, wenn es sich vielleicht nicht direkt um einen anderen Wolf handelte, dieses Tier würde ihm sein Revier streitig machen, so viel war ihm klar.

Es galt, ihn zu vertreiben.

Mit aufgestelltem Nackenhaar und gefletschten Zähnen lief er ihm entgegen, als eine menschliche Stimme erschallte, auf die das Tier reagierte. Verdutzt beobachtete Jack, wie es zu einem Menschen in etwa 50 Metern Entfernung rannte, der den Eindringling an einer Leine befestigte. Das Tier schien nichts dagegen zu haben und ging neben dem Menschen her.
Jack wusste nun gar nicht mehr, wie er sich verhalten sollte. Der Mensch war nicht sein Feind, aber dieser vierbeinige Genosse?

Er beschloss, sich das Ganze aus der Nähe anzusehen und lief bis auf etwa 20 Meter auf die beiden zu.

**

Jonas Svensson machte gerade seinen Mittagsspaziergang mit seinem Hund im Wald, als er sah, wie ein Tier in der Ferne mit gesträubtem Nackenfell und gefletschten Zähnen auf seinen Hund los ging. Er konnte aus der Distanz nicht erkennen, um was für ein Tier es sich handelte, aber durch die Ereignisse in der letzten Zeit dachte er natürlich sofort an die Möglichkeit, dass es sich um einen Wolf handeln könnte. Er erinnerte sich an das, was in der Info-Veranstaltung erzählt worden war und nahm seinen Golden Retriever vorsichtshalber an die Leine.

Das Tier kam trotzdem immer näher und jetzt konnte er klar erkennen, dass es tatsächlich ein Wolf war.
Schweißgebadet blieb Svensson stehen, dasselbe tat auch der Wolf. Für ein paar Sekunden standen sie sich beide unschlüssig gegenüber. Svensson überlegte fieberhaft, was er jetzt wohl am besten tun sollte und dem Wolf schien es nicht viel anders zu gehen.

Plötzlich drehte der Wolf ab und verschwand im Wald.

Svensson hatte das Gefühl, als wäre er knapp einer Katastrophe entgangen.

Er informierte sofort Peer Knudsen in Husum von dem Vorfall.

Svensson war völlig aufgelöst und auch die beruhigenden Worte von Peer Knudsen konnten daran nichts ändern.

Er musste sich dieses Ereignis von der Seele reden.

Und so zog es ihn zur Dorfkneipe, wo er sich sicher war, genug Leute zum Zuhören zu treffen und er außerdem mit etwas Bier sein aufgewühltes Gemüt besänftigen konnte.

Dort angekommen erzählte er jedem, der es hören wollte, seine haarsträubende Geschichte.

„Ihr müsst euch vorstellen", begann er, „ich ging ganz friedlich mit meinem Hund durch den Wald und plötzlich versperrte mir ein Wolf den Weg. Seine gelben Augen starrten mich böse an und er leckte sich über sein Maul, so als hätte er schon den Vorgeschmack vor mir als saftigen Leckerbissen in der Schnauze. Dann knurrte er und fletschte die Zähne, wobei er immer näher heran kam. Ihr könnt mir glauben, ich dachte schon, mein letztes Stündchen hätte geschlagen. Aber zum Glück hatte ich ja meinen Hund dabei. Ich ließ ihn von der Leine und todesmutig stürzte er auf den Angreifer zu. Mit so viel Entschlossenheit hatte die Bestie wohl nicht gerechnet. Jedenfalls zog er den Schwanz ein und verschwand im Unterholz."

Die schaurige Geschichte erregte die Gemüter der Anwesenden und Svensson bekam für seine Tapferkeit mehr als nur einen Schnaps spendiert. Immer wieder kamen neue Leute in die Kneipe, die auch von seinen Erlebnissen hören wollten. Und mit der Anzahl der Schnäpse wurde die Geschichte immer bunter und umfangreicher und sein Wagemut wuchs ins Unermessliche.

Schließlich ging es so weit, dass Svensson sich daran zu erinnern meinte, wie er das Biest eigenhändig am Hals packte und ins Gebüsch schleuderte, als es zum Angriff auf ihn losstürmte.

Einige der anwesenden Dorfbewohner schlugen vor Entsetzen ihre Hände vors Gesicht.

„Um Himmels willen, wie sollen wir denn je wieder unsere Kinder unbesorgt draußen spielen lassen, geschweige denn in den Wald gehen, solange dieser Wolf hier sein Unwesen treibt?"

Zu guter Letzt stieß auch Bauer Jessen zu der illustren Schar in der Kneipe.

„Ich finde, es wird Zeit zu handeln", sagte er und zog damit die Aufmerksamkeit aller Anwesenden auf sich.

„Und, was willst Du tun? Etwa den Wolf

erschießen?", höhnte einer der Gäste.

Die Menge lachte spöttisch.

„Da wäre er aber ganz schön blöd", meinte Bauer Hinrichsen. „Bei den Äußerungen, die Jessen schon zu dem Thema gemacht hat, käme doch jeder gleich darauf, dass er es war. Und wer geht schon gern in den Knast?"

„Was können wir aber dann tun?", fragte nun ein anderer in ernsthaftem Ton.

Jessen meldete sich wieder zu Wort.

„Wir sollten das Pferd nicht von hinten aufzäumen. Warum haben wir denn eigentlich dieses Wolfsproblem hier? Nur wegen eines durchgeknallten Kanadiers, der meint, Norddeutschland sei ein Teil seiner Rocky Mountains, wo er seine Raubtiere frei herumlaufen lassen kann. Aber ohne uns! Es wird Zeit, ihm einen solchen Denkzettel zu verpassen, dass er das Dorf freiwillig und ohne Umschweife verlässt, und zwar mitsamt seinen Wölfen."

Die Menge grölte zustimmend.

„Ich bin dabei!", rief jemand aus den hinteren Reihen.

„Ich auch!", schallte es Jessen jetzt von überall her entgegen.

„Worauf warten wir noch? Brechen wir auf!", schrie Bauer Hinrichsen.

„Nur nichts überstürzen!", versuchte Jessen die Leute zu beruhigen. „Ich weiß eure Entschlossenheit

zu schätzen. Aber noch ist es nicht so weit. Wir müssen einen passenden Moment abwarten."
Ein enttäuschtes Murmeln ging durch den Raum.
„Seid gewiss", versicherte Jessen den Dorfbewohnern, „dieser Moment wird kommen. Und dann zähle ich auf eure Hilfe!"

**

Knudsen rief umgehend bei Tom an und teilte ihm mit, was Svensson ihm erzählt hatte. Tom wurde bleich vor Schrecken. Seine schlimmsten Befürchtungen schienen sich zu bestätigen: Jack war durch das kurze Intermezzo mit Leandra nicht auf Dauer menschenscheu geworden.
„Wir müssen dringend etwas unternehmen!", hörte er Peer Knudsen vom anderen Ende der Leitung her sagen. „Und damit meine ich nicht einen Vergrämungsversuch, von dem ich mir in dieser Situation ohnehin keinen Erfolg verspreche. Ich habe schon mit Edvin Gustafsson darüber gesprochen, und der sieht das genauso."
„An was hattest Du gedacht?"
Tom schnürte sich vor Angst die Kehle zu.
„Ich sehe nur noch zwei Möglichkeiten", antwortete Knudsen. „Entweder Du schaffst es, dem Wolf binnen 14 Tagen einen Betäubungsschuss zu versetzen und ihn in sein Gehege zurückzubringen, oder…"

155

Knudsen zögerte.

„Oder was?"

Toms Stimme hatte einen leicht aggressiven Unterton, ahnte er doch genau, was Knudsen meinte.

„Es tut mir leid, Tom, Dir das sagen zu müssen, aber anderenfalls muss ich das Tier zum Abschuss frei geben."

Tom schwieg betroffen.

„Versteh doch, Tom. Die Situation scheint außer Kontrolle zu geraten. Und ich kann es nicht riskieren, dass ein Wolf einen Menschen verletzt. Das würde bundesweit die Akzeptanz gegenüber freilebenden Wölfen vernichten."

Tom reagierte immer noch nicht.

„Tom, es bleibt dabei. Sieh die zwei Wochen als Chance an, vielleicht..."

Aber Tom hatte genug gehört und legte einfach auf.

**

Diesmal brauchte sie nicht lange an das Tor zu klopfen, bis Tom ihr öffnete.

„Schön, Dich wiederzusehen", meinte er.

Er zog sie in seine Arme und küsste sie. Aber sie erwiderte seinen Kuss nur flüchtig und löste sich aus seiner Umarmung.

„Wir müssen reden", sagte sie.

„So?"

Er zog den Vokal in die Länge wie ein Lehrer, dessen Schülerin gerade eine unglaubwürdige Geschichte erzählt.

Da er keine Anstalten machte, sich in Richtung Hütte zu bewegen, fragte sie ihn ungeduldig: „Lässt Du mich jetzt rein oder müssen wir alles draußen in der Kälte bereden?"

„Nein, natürlich nicht."

Er öffnete die Tür zur Hütte und sie setzten sich an den Tisch, an dem sie schon einmal ein langes Gespräch geführt hatten. Seitdem hatte sie ihn nicht mehr besucht und es sah so aus, als ob dieses Treffen weitaus unangenehmer verlaufen würde als ihre erste Begegnung.

„Also, was gibt´s?"

„Ich habe gehört, Du willst Jack betäuben und ins Gehege zurückbringen."

Er nickte.

„Ja, das stimmt."

„Aber Jack fühlt sich dort doch offensichtlich unwohl, sonst wäre er ja kaum ausgebrochen."

„Das kann schon sein, aber es dauert nur noch einige Wochen, bis das ganze Rudel ausgewildert wird."

„Du kannst doch nicht im Ernst einen Wolf wie Jack auswildern wollen?"

„Doch, warum nicht?"

„Tom, Du siehst doch, dass er Probleme macht." Amelies Stimme wurde jetzt eindringlich.

„Er wird immer wieder in die Nähe von Menschen kommen und irgendwann wahrscheinlich auch mal zubeißen."

Tom wiegelte ab.

„Erstens soll er im Rahmen der Auswilderung ja gerade lernen, menschenscheu zu werden und außerdem verstehe ich nicht, warum ein Tier wie Jack, das bisher nur gute Erfahrungen mit Menschen gemacht hat, plötzlich beißen soll."

„Nun sei doch nicht so naiv!", rief Amelie aus. „Er wird im Laufe der Zeit seine schlechten Erfahrungen machen und dann sicher auch beißen. Mensch Tom, Du kennst die einzige Möglichkeit, mit einem Problemwolf umzugehen. Denk doch an die Akzeptanz aller gegenüber wilden Wölfen."

„Die Akzeptanz aller? Dass ich nicht lache! Wo ist denn hier in dem Dorf die Akzeptanz aller?"

„Es geht nicht nur um unser Dorf, Tom", erwiderte Amelie ernst. „Du bist schließlich Teil eines landesweiten Projekts."

Es war der gleiche Einwand, den schon Peer Knudsen in ähnlicher Weise geäußert hatte.

„Ich soll ihn also erschießen?"

Amelie nickte stumm.

„Was meinst Du, was Lars davon hält, wenn ich ihm erzähle, dass seine Mama seinen Lieblingswolf am liebsten erschießen lassen würde?"

„Lass Lars aus dem Spiel!", fuhr Amelie ihn wütend an.

Einen Moment lang überlegte er, ob er darauf reagieren sollte. Dann wandte er sich enttäuscht ab. „Du bist genau wie alle anderen. Für euch ist es kein Problem, wenn eure Hunde euch gelegentlich beißen, aber wehe, es ist ein Wolf! Dann besteht natürlich sofort Lebensgefahr und das Tier muss getötet werden. Niemals im Leben werde ich einen Wolf töten, solange noch die Chance besteht, ihn zu einem wolfsgerechten Verhalten zu bringen!"

„Ach ja?", fragte sie mit provozierendem Unterton. „Und wo ist Deine Grenze? Reicht es aus, dass er einen Menschen verletzt oder muss die Verwundung lebensgefährlich sein? Muss er jemanden getötet haben? Du spielst mit dem Feuer, Tom!"

Tom musterte sie abschätzig.

„Ich dachte, Du wärst auf meiner Seite. Aber da habe ich mich wohl getäuscht."

„Ich *bin* auf Deiner Seite. Aber das heißt noch lange nicht, dass ich immer dieselbe Meinung haben muss wie Du."

Tom sah sie zweifelnd an, dann schüttelte er den Kopf, wie um ihr zu sagen, dass man nicht auf seiner Seite sein konnte, wenn man nicht hundertprozentig hinter seinem Wolfsprojekt stand.

Wortlos öffnete er die Tür.

„Du bist ein unverbesserlicher Sturkopf!", schimpfte Amelie. „Du wirst noch sehen, was Du davon hast!" Damit stieg sie in ihr Auto und fuhr wutentbrannt davon.

**

Knudsen ahnte, welche Stimmung in der Bevölkerung herrschte. Daher wandte er sich an den Stadtanzeiger im Dorf mit der Bitte zu berichten, was genau sich zwischen Svensson und dem Wolf zugetragen hatte und dass er den Entschluss gefasst hatte, den Wolf binnen 14 Tagen zum Abschuss freizugeben, falls Tom es bis dahin nicht geschafft haben sollte, das Tier wieder in das Gehege zurückzubringen.
Er bat die Bevölkerung, so lange Ruhe zu bewahren.

**

Tom hatte keine Zeit zu verlieren.
Er schloss sich bald nach Knudsens Anruf mit Edvin Gustafsson kurz. Als er ihm den Ernst der Lage schilderte, sicherte ihm Gustafsson sofort seine Hilfe zu.
Er reiste schon am nächsten Tag an. Die beiden Männer kamen überein, an einer bestimmten Stelle

im Wald Fleisch auszulegen. Auf diese Weise hofften sie, über kurz oder lang Jack anzulocken, so dass sie ihn mit einem Betäubungsmittelgewehr bewusstlos schießen konnten.

Da die Zeit so drängte, vereinbarten sie, sich aufzuteilen. Einer von ihnen sollte am Fleischköder Wache halten und der andere im Wald nach Spuren von Jack suchen in der Hoffnung, ihm vielleicht auf diese Weise noch eher zu begegnen.

Gustafsson hatte sich bereit erklärt, die Wache am Köder zu übernehmen.

**

Fast wäre Tom selbst hineingetreten, so gut war die Falle mit Blättern und Moos abgedeckt. Er sah sich die Konstruktion genauer an. Es war ein gespanntes Tellereisen, mit Fleisch als Köder bestückt. Wenn der Wolf sie berührt hätte, wäre er durch das Zuschnappen der Falle getötet worden. Tom lief es heiß und kalt den Rücken herunter. Wie groß musste der Hass der Dörfler auf den Wolf sein, dass sie solche Fallen aufstellten?

Nicht auszudenken, was passiert wäre, wenn ein Kind hier hineingeraten wäre.

Er rief umgehend die Polizei an, die bald in Form des Dorfpolizisten vor Ort war. Dieser war zwar auch kein Freund der Wölfe, aber angesichts der

Falle genauso schockiert wie er.

„Wer macht denn so was?", schüttelte er verständnislos den Kopf.

Tom stellte Strafanzeige gegen Unbekannt, dann löste er mit Hilfe eines kräftigen Astes den Schnappmechanismus aus. Die Falle war nun ungefährlich und konnte von dem Beamten mitgenommen werden.

Tom dagegen begab sich fieberhaft auf die Suche nach weiteren Fallen im Wald, wurde aber glücklicherweise nicht noch einmal fündig.

Nachdem er sich am frühen Abend von Gustafsson verabschiedet hatte, erreichte ihn eine SMS von Lars auf seinem Handy.

„Was können wir nur tun, um Jack zu finden?", fragte er darin verzweifelt.

Natürlich hatte auch Lars mitbekommen, was Svensson passiert war und was Knudsen angeordnet hatte.

Nur in dem ganzen Chaos hatte Tom schlichtweg vergessen, mit Lars persönlich über die brisante Lage zu sprechen.

Er entschied sich, das jetzt nachzuholen und fuhr zu ihm nach Hause, obwohl ihm nicht wohl dabei war, dort auch auf Amelie zu treffen. Ihr Streit war noch nicht allzu lange her und er hatte sie seitdem nicht mehr gesprochen.

Er hatte kaum den Klingelknopf gedrückt, als die Tür von innen aufgerissen wurde. Anscheinend war er sehnsüchtig erwartet worden.

Hinter der Tür standen Amelie und Lars.

„Es tut mir so leid, was passiert ist", begrüßte ihn Amelie. „Ich erkenne mein Dorf kaum noch wieder." Die Geschichte mit der Wolfsfalle hatte sich anscheinend in Windeseile herumgesprochen.

„Ja, nicht auszudenken, was alles noch geschehen würde, wenn ich tatsächlich versuchte, die Wölfe auszuwildern", entgegnete Tom.

„Geschehen *würde*?"

Amelie sah ihn fragend an.

Lars dagegen wollte sofort wissen, wie er denn jetzt Jack retten wollte. Tom schilderte ihm Gustafssons und seinen Plan.

„Und um gleich die Antwort auf Deine Frage vorwegzunehmen: Nein, Du kannst dabei nicht mitmachen. Ich darf mir gar nicht vorstellen, was passiert wäre, wenn Du mich heute Nachmittag begleitet hättest und in die Falle getreten wärst. - Die Lage ist jetzt einfach so angespannt, dass ich nur noch die Verantwortung für mein eigenes Handeln tragen kann. Nach heute Nachmittag traue ich den Dörflern alles zu."

Amelie blockte den aufkeimenden Protest von Lars sofort ab.

„Ich glaube, Tom hat Recht. Denk nur daran, dass Du schon von Jugendlichen angegriffen worden bist, als noch gar nichts mit einem Wolf passiert war." Tom blickte überrascht von Lars zu Amelie.

„Davon wusste ich ja gar nichts."

„Nein, wie auch?", meinte Amelie. „Lars wollte natürlich nicht seine weitere Arbeit mit den Wölfen aufs Spiel setzen. Und ich wollte ihm den Spaß daran nicht verderben."

„Schöner Spaß, wenn man dadurch riskiert, angegriffen zu werden."

Tom war im ersten Moment wütend darüber, dass die beiden ihm von diesem Vorfall nichts gesagt hatten.

Amelie und Lars schwiegen betreten.

Schließlich brach Amelie die Stille.

„Was wird denn nun aus dem ganzen Projekt?"

Tom drehte sich zum Fenster und sah lange in die hereinbrechende Dunkelheit hinaus. Er schien zu überlegen, wieviel Wahrheit Lars vertragen konnte. Dann sagte er leise:

„Wenn ich Jack gefunden und zum Rudel heim gebracht habe, werde ich alle Tiere nach Kanada zurückführen. Dort gibt es Flächen genug, auf der ich sie auswildern kann und keinen Menschen, den sie stören würden. Ich habe bereits mit den kanadischen Behörden gesprochen. Sie haben mir schon ein Gebiet zugesichert und sind mit meinem Plan einverstanden."

„Nein!", schrie Lars auf, „das darfst Du nicht tun! Die Wölfe haben sich hier doch an die Umgebung gewöhnt! Wenn Du jetzt aufgibst, bekommen wir vielleicht niemals Wölfe!"

Er stürzte auf Tom zu.

Wutentbrannt trommelten seine kleinen Fäuste auf Toms Brust ein.

Aber Tom fasste nach seinen Armen und hielt ihn von seinem Körper fern.

„Doch, Lars", meinte er ernst, „ich muss so handeln. Es ist das Beste für alle hier. Sowohl für die Wölfe, als auch für das Dorf. Irgendwann wirst Du das begreifen."

Da riss sich Lars los und rannte die Treppe hinauf in sein Zimmer. Mit einem lauten Rumms knallte er die Tür hinter sich zu.

„Es ist die richtige Entscheidung, Tom", sagte Amelie. „Auch wenn ich traurig sein werde, wenn Du gehst. Und Lars kann jetzt nicht anders, als erst einmal wütend zu sein. Er hängt nun einmal so an den Tieren."

Tom seufzte.

„Ja, ich weiß. Aber ich sehe keine andere Lösung."

Amelie nickte verständnisvoll.

„Ich bin froh, dass Du einen Weg gefunden hast, weitere Probleme zu vermeiden, ohne Jack erschießen zu müssen."

Er sah sie überrascht an.

„Ich dachte, Du wärst so scharf darauf, dass er getötet wird."

„Nein, ich habe nur keinen anderen Ausweg gesehen."

„In Grunde genommen ist es ja auch keine wirkliche Lösung", meinte Tom bitter. „Ich gebe eigentlich nur dem Druck der Straße nach."

Nachdenklich sah Amelie ihn an.

„Vielleicht war die Zeit einfach noch nicht reif für wilde Wölfe."

Tom zuckte mit den Schultern.

„Vielleicht", meinte er. „Vielleicht wird die Zeit aber auch niemals reif dafür sein."

Das große Halali

Es war zwar bereits dunkel, als Tom nach Hause fuhr, aber der oder die Täter hatten orange Neonfarbe benutzt, so dass er den Schriftzug auf dem Holz seiner Hütte schon von weitem erkennen konnte: **VERRÄTER** stand da in großen Lettern geschrieben.

Da nahm ihm wohl jemand übel, dass er wegen der Wolfsfalle Strafanzeige gestellt hatte.

Anscheinend sollte das nicht seine Letzte bleiben. Gleich Morgen früh würde er eine zweite Anzeige nachschieben: Nämlich wegen Sachbeschädigung und Beleidigung.

Aber für heute reichte es ihm und er beschloss, früh ins Bett zu gehen.

Er war sehr erschöpft von dem anstrengenden Tag und fiel bald in einen tiefen und festen Schlaf.

Nur so konnte er es sich nachher erklären, dass er den Rauch und die Flammen nicht schon früher bemerkt hatte. Erst als das Feuer bereits vor seinem Bett wütete, schreckte er hoch.

Die ganze Hütte brannte lichterloh.

Tom versuchte erst gar nicht, sich den Weg zur Tür zu bahnen. Er öffnete kurzerhand das Fenster über seinem Bett und sprang ins Freie. Er schaffte es gerade noch, sein Handy mitzunehmen, alles andere musste er in der Hütte lassen.

Sofort informierte er Feuerwehr und Polizei, die innerhalb von 10 Minuten vor Ort waren.

Aber die Feuerwehrleute konnten nur noch verhindern, dass sich die Flammen auf den umliegenden Wald ausbreiteten, die Hütte selbst war nicht mehr zu retten.

In kürzester Zeit stand Tom vor dem Nichts.

Der Lärm von Polizei- und Feuerwehrwagen riss auch Amelie und Lars aus dem Schlaf. Von Ihrem Haus aus sahen sie in der Ferne das Feuer im Wald und zählten sofort eins und eins zusammen. Sie machten sich unverzüglich auf den Weg zu Toms Hütte.

Als sie dort eintrafen, saß Tom völlig apathisch auf einem Felsen in der Nähe eines Bergs aus verkohltem Holz, das einmal seine Hütte gewesen war. Es war der Felsen, auf den er sich sonst immer setzte, um das Wolfsrudel zu begrüßen. Nun schien er zu einer Insel geworden zu sein, auf die sich Tom vor der gespenstischen Szenerie um ihn herum gerettet hatte.

Feuerwehrleute rannten überall herum. Die Polizei versuchte, Beweisspuren zu sichern. Die Hütte und die Umgebung waren weiträumig mit Flatterband abgesperrt.

Amelie und Lars wäre es beinahe nicht gelungen, bis zu Tom vorzudringen, doch Tom bat die Beamten, die beiden zu ihm durchzulassen.

Vorsichtig legte Amelie ihren Arm um seine Schultern und versuchte, ihn zu trösten.

Lars stand vor ihm und schaute betreten zu Boden.

„Es tut mir leid, dass ich gestern so wütend geworden bin", meinte er leise.

Toms Blick war starr in die Ferne gerichtet. Es sah eine Zeit lang so aus, als hätten ihn Lars Worte nicht erreicht.

Doch dann schaute er ihn an.

„Verstehst Du nun, was ich meinte?"

Lars nickte stumm.

Der eintreffende Notarzt vermutete, dass Tom einen Schock erlitten hatte und nahm ihn ins Husumer Krankenhaus mit.

Als die Polizei Brandbeschleuniger in der Nähe der Hüttenreste fand, schlug Amelies Fassungslosigkeit in Wut um. Eine oder mehrere Personen hatten also absichtlich den Brand gelegt und dabei zumindest in Kauf genommen, dass Tom in den Flammen ums Leben kam.

Was war nur aus ihrem Dorf geworden?

Natürlich konnte man gegen die Auswilderung der Wölfe sein und dagegen kämpfen.

Aber deshalb musste man doch nicht gleich versuchen, die Gegenpartei umzubringen.

„Mama, Du musst etwas tun!", flehte Lars sie an.

„Wir können das alles doch nicht einfach so geschehen lassen!"

Sie sah die Verzweiflung im Gesicht ihres Sohnes, der gerade in den Abgrund menschlicher

Existenz geschaut hatte.

Was für Lehren würde er wohl aus diesem Ereignis ziehen? Dass sich letztlich der durchsetzte, der seine Ansichten mit Gewalt vertrat?

„Ja, Du hast Recht, Lars", sagte sie daher. „Wir haben schon viel zu lange tatenlos zugesehen."

Sie beschlossen, an alle Haushalte Flugblätter zu verteilen, in denen sie über die Ereignisse der vergangenen Nacht aufklärten und zu einer Kundgebung für Tom und seine Wölfe auf dem Rathausplatz aufriefen.

Amelie setzte darauf, dass der gesunde Menschenverstand immer noch die Oberhand hatte.

Doch die Resonanz war mager. Ganze zehn Leute kamen außer ihr und Lars noch. Die große Mehrheit der Bürger schien den Anschlag zu billigen oder traute sich nicht, sich gegen die radikalen Wolfsgegner zu stellen.

Tom, der schon nach kurzer Zeit aus dem Krankenhaus entlassen worden war, sah die klägliche Versammlung, als er auf dem Weg zum Gehege war.

„Es ist schön, dass Du versuchst, die Dörfler wieder zu Verstand zu bringen", meinte er zu Amelie, „aber ich fürchte, es ist aussichtslos. - Ich werde mich gleich Morgen ein weiteres Mal zusammen mit

Gustafsson auf die Suche nach Jack begeben. Ich hoffe, wir können ihn recht bald mit einem Betäubungsschuss zur Strecke bringen und dann hat das ganze Drama hier ein Ende."

„Du willst also nichts weiter unternehmen, um die Attentäter zu finden?", fragte Amelie ungläubig.

Tom verzog das Gesicht zu einem müden Lächeln.

„Ich habe Anzeige bei der Polizei erstattet, mehr möchte ich nicht tun."

Amelie sah ihn verständnislos an.

„Weißt Du, Amelie", versuchte er ihr zu erklären, „ich habe weiß Gott schon oft gekämpft. Und ich habe hart und lange gekämpft. Aber man muss auch wissen, wann ein Kampf sinnlos wird. Die Brandstiftung bestätigt mich nur in meiner Meinung, dass es für die Wölfe und mich an der Zeit ist, das Dorf zu verlassen. An oberster Stelle stand und steht für mich immer das Wohl der Tiere. Und das ist hier meiner Meinung nach akut gefährdet - sogar im Gehege. Ich habe nur noch ein Ziel: Möglichst schnell zurück nach Kanada."

Amelie schluckte ihre Enttäuschung hinunter.

„Verstehe. Kann ich Dir sonst irgendwie helfen? Möchtest Du vielleicht so lange bei uns wohnen, bis Du nach Kanada zurückkehren kannst?", fragte sie ihn.

Er schüttelte den Kopf.

„Ich habe noch ein Zelt in meinem Auto, das dürfte für die paar Wochen reichen. Wir haben schließlich schon Frühling und die Temperaturen sind bereits konstant über Null Grad. – Außerdem möchte ich Dich und Lars nicht weiter in die Sache hineinziehen. Ihr habt euch für mich schon weit genug aus dem Fenster gelehnt. Wer weiß, was passiert, wenn ihr euch noch mehr für mich engagiert... Trotzdem danke für das Angebot."

Damit verließ er die kleine Versammlung und setzte seine Fahrt zum Gehege fort.

**

Es war schon später Abend, als Jessen noch einmal Besuch bekam.
„Hallo, Ingo!", begrüßte er den Dorfpolizisten, „brennt's schon wieder irgendwo?"
Das sollte wohl ein Scherz sein, aber dem Beamten war überhaupt nicht nach Scherzen zumute.
„Jetzt seid ihr eindeutig zu weit gegangen!", fuhr Ingo ihn sofort an.
„Wie meinst Du das?"
Jessens Augen wurden zu Schlitzen, aus denen er den Polizisten bedrohlich anstarrte.
„Das mit der Falle, okay, mit etwas Glück hättet ihr den Wolf fangen können", meinte Ingo. „Obwohl ich mir gar nicht vorstellen möchte, was passiert wäre, wenn ein Kind hineingeraten wäre... Aber die

Brandstiftung schießt eindeutig übers Ziel hinaus."
„Wie kommst Du denn auf die Idee, dass ich dahinter stecke?", fragte Jessen scheinbar harmlos.
„Komm, veräppel mich nicht. Du führst doch die Fraktion an, die Smith und seine Wölfe lieber heute als Morgen zum Mond schießen würde."
„Wie Du auch", warf Jessen ein.
 Doch der Dorfpolizist ging darauf nicht ein.
„Die Anzeige von Smith wegen der Falle kann ich ja noch gut mangels weiterer Hinweise auf den Täter unter den Tisch kehren, aber bei dem Feuer an der Hütte liegen eindeutige Beweise für Brandstiftung vor. Das haben vor allem auch die Polizisten aus dem Nachbarort mitbekommen, die ich zur Verstärkung anfordern musste. Außerdem muss ich einen Fall solcher Art an die übergeordnete Behörde weitergeben, da habe ich gar keine andere Wahl."
„Aber es könnte schon das ein oder andere Beweismaterial aus ungeklärter Ursache verloren gehen, oder?", grinste Jessen ihn an.
Der Dorfpolizist stöhnte.
„Du ziehst mich da in Sachen hinein…"
„Komm schon, Ingo, das ist für Dich doch eine Kleinigkeit!"
Dem Dorfpolizisten war sichtlich unwohl in seiner Haut. Obwohl er insgeheim zugeben musste, dass auch ihm es lieber wäre, Tom und seine Tiere würden verschwinden.

Schließlich gab er nach.

„Na gut, ich werde sehen, was sich machen lässt",
sagte er. „Aber das ist das letzte Mal, dass ich Dir in
dieser Angelegenheit helfe, das schwöre ich Dir!"
Jessen klopfte ihm wohlwollend auf die Schulter.
„Ich wusste doch, dass man sich auf Dich verlassen
kann."

**

Als Amelie am nächsten Morgen die Bäckerei
betrat, rief die Chefin sie zu sich.
„Frau Nissen", begann sie umständlich, „sie
arbeiten ja nun schon seit einigen Jahren für mich."
„Ja, und?", fragte Amelie erstaunt.
„Und in all den Jahren habe ich auch nie eine
einzige Beschwerde über Sie gehört. Auf Sie war
immer hundertprozentig Verlass."
Amelie wusste nicht, worauf ihre Chefin hinaus
wollte.
„Aber seitdem dieser Herr Smith mit seinen Wölfen
im Dorf ist und Sie sich so eindeutig auf seine Seite
stellen..."
„Was hat das denn mit meiner Arbeit zu tun?",
fragte Amelie verständnislos.
„Nun ja", meinte die Chefin, der dieses Gespräch
sichtlich unangenehm war, „die meisten meiner
Kunden sind leider einer anderen Meinung als Sie

hinsichtlich der Wölfe. Sie wissen ja selbst, wie sehr sich das Ganze zugespitzt hat. Spätestens seit dem Anschlag auf die Hütte von Herrn Smith weiß das ja jeder."

„Und?"

Amelie hasste es, wenn jemand so sehr um den heißen Brei herum redete.

„Ja also, die Angelegenheit ist mittlerweile so eskaliert, dass meine Kunden nicht mehr von Ihnen bedient werden möchten und daher in die Bäckerei zum Nachbarort fahren."

Amelie stand vor Staunen für einen Moment der Mund offen. Natürlich hatte sie bemerkt, dass der Kundenandrang in letzter Zeit merklich nachgelassen hatte, aber dass es so schlimm war...

„Also kurz und gut", nahm die Chefin sich jetzt ein Herz, „ich kann Sie hier nicht länger halten, sonst riskiere ich den Ruin meines Geschäfts."

„Sie feuern mich?"

Amelie konnte es nicht fassen.

Die Chefin zögerte.

„Ganz so würde ich es nicht ausdrücken. Sagen wir mal, wir unterbrechen das Arbeitsverhältnis so lange, bis im Dorf wieder Ruhe eingekehrt ist. Irgendwann wird sich das vermaledeite Wolfsproblem schließlich gelöst haben."

„Ich verstehe."

Enttäuscht presste Amelie die Lippen aufeinander, um nicht noch irgendetwas zu sagen, was sie hinterher bereuen würde.

„Selbstverständlich werde ich Ihnen ein hervorragendes Zeugnis ausstellen", meinte die Chefin noch, als Amelie bereits dabei war zu gehen, „vielleicht haben Sie ja ein paar Dörfer weiter Glück…"

Sie sagte noch ein paar Worte, aber Amelie konnte sie schon nicht mehr hören.

**

Tom und Edvin Gustafsson würden also heute versuchen, Jack zu finden. Und er sollte nicht dabei sein.

Das konnte Lars nicht akzeptieren.

Er würde sich auch auf die Suche nach seinem geliebten Freund machen. Am besten begann er dort, wo Jack aus dem Gehege geflohen war.

Er stibitzte etwas Fleisch aus dem Kühlschrank und steckte es in eine Tüte. Wenn er Jack finden würde, könnte er ihn damit anlocken. Falls er das überhaupt musste, denn er war davon überzeugt, dass ihn das Tier sofort wiedererkennen würde.

Sie waren schließlich Freunde.

Er würde bestimmt wild und ausgelassen mit ihm durch den Wald toben und dann würde er Tom informieren, damit er ihn betäuben und sicher zum Rudel zurückbringen konnte.

Auf dem Weg zum Gehege verfluchte er einmal mehr, dass auf der Straße dorthin kein Bus fuhr und er zu Fuß laufen musste. Das dauerte immer so lange.
Und er konnte ja schlecht Tom fragen, ob er ihn mitnehmen würde.

Es war Samstagmorgen und die Nebenstraße lag ausgestorben vor ihm. Die Sonne war noch nicht allzu lange aufgegangen und auf den Pflanzen perlte noch überall der Raureif. Das erste Licht brach sich in den winzigen Kristallen und schien die Welt mit einer Silberschicht zu überziehen. Nicht lange und die Kristalle würden aufbrechen und die herausströmende Feuchtigkeit würde in der Wärme dieses Frühlingstages zum Himmel hinauf steigen. Die Verheißung eines schönen Tages schien über der Natur zu liegen und Lars war sich sicher, dass dies ein gutes Vorzeichen für das Gelingen seines Plans war.
Er war schon eine Weile gelaufen und es lag noch etwa eine halbe Stunde Weg auf der Landstraße vor ihm, als er einen roten VW-Golf bemerkte, der ihm auf der anderen Seite der Straße entgegenkam. Er war mit vier Jugendlichen besetzt, die er aus dem Dorf kannte.
Er sah, wie das Auto in schnellem Tempo an ihm vorbeifuhr und für einen kurzen Moment wurde das Geräusch der Motoren leiser.

Lars genoss die wiederkehrende Stille, doch dann schwoll der Autolärm wieder an, diesmal hinter ihm. Als er sich umdrehte, sah er, wie das rote Auto sich ihm auf seiner Seite in einem Affentempo näherte.

Er hatte ein ungutes Gefühl im Bauch und sprang vorsichtshalber von der Straße weg hinter die erste Baumreihe.

Im selben Moment jagte der Golf dicht am Straßenrand an ihm vorbei. Ein paar Meter weiter quietschten die Bremsen, zwei Türen sprangen auf, die Jugendlichen kamen heraus und rannten in seine Richtung.

Lars war sofort klar, dass er in Gefahr war, wenn er auch den Grund dieses Angriffs nicht kannte.

Er lief so schnell er konnte fort, doch die Jugendlichen waren ihm dicht auf den Fersen. Sie waren viel kräftiger und schneller als er, so dass der Abstand zwischen ihm und der Gruppe immer geringer wurde.

Lars Gehirn arbeitete fieberhaft.

Der einzige Vorteil, den er gegenüber seinen Verfolgern hatte, war, dass er sich in diesen Wäldern hervorragend auskannte.

Und plötzlich fiel ihm das verlassene Baumhaus ganz in der Nähe ein, das schon lange nicht mehr von irgendjemandem benutzt worden war. Er nahm alle seine Kräfte zusammen, um sich in Sicherheit zu bringen. Schon bevor er den Baum erreichte, sah er,

dass die Strickleiter wie immer herunterhing.
Schnell kletterte Lars hoch und zog sie ein.
Nur wenig später erreichten die Jugendlichen den
Baum und beschimpften ihn von unten.
„Wir kriegen Dich schon noch!", brüllten sie. „Und
dann wirst Du dafür bezahlen, dass Du mit Tom
unter einer Decke steckst und uns die Wölfe auf den
Hals hetzt!"
Eine Zeit lang tobten sie noch weiter unter dem
Baum herum, bis sie schließlich aufgaben und zu
ihrem Auto zurückkehrten.
Lars hörte aus der Ferne das Geräusch des
startenden Wagens.
Gottseidank, sie fuhren wieder weg.
Trotzdem saß er noch eine Weile vor Angst zitternd
in seinem Versteck.
Ihm war jegliche Lust auf Abenteuer vergangen.
Er wollte nur noch nach Hause und in Sicherheit
sein.

**

Edvin Gustafsson bewachte wieder den
Fleischköder, während Tom sich zur Spurensuche in
den Wald aufmachte, beide mit einem
Betäubungsmittelgewehr bewaffnet.
Tom war noch nicht allzu weit von Gustafsson
entfernt, als er eine Gruppe von Jägern entdeckte,

ihre Gewehre im Anschlag. Unter ihnen befand sich auch Bauer Jessen.

Tom schwante Übles.

Zwar hatten alle Männer einen Jagdschein, soweit er wusste. Es war ihnen also grundsätzlich nicht verboten, auf die Jagd zu gehen.

Und trotzdem.

Tom beschloss, der Gruppe zu folgen, um herauszufinden, was sie vorhatte. Er schloss zu ihr auf und war bald nur noch wenige Meter entfernt. Vorsichtig bewegten sich die Männer durch das Unterholz, die Augen aufmerksam auf den Boden gerichtet, anscheinend auf der Suche nach einer Fährte.

Schließlich deutete einer von ihnen auf den Boden vor sich.

Als Tom die Stelle erreichte, stockte ihm der Atem: Es war eine frische Wolfsspur.

Und das, was Tom und Edvin bisher verwehrt geblieben war, glückte den Jägern:

Sie stießen auf den Wolf.

Jack blieb für einen Augenblick zwischen den Bäumen stehen und versuchte, Witterung aufzunehmen. Doch der Wind stand ungünstig und er konnte nicht viel riechen. Aber fremde Geräusche hatten ihn misstrauisch gemacht.

Seine Augen durchforschten das Gebiet vor ihm.
Menschen schienen in der Nähe zu sein.

Als Tom Jack zwischen den Bäumen sah, dachte er
nicht mehr lange nach.
Er schrie nur noch „Nicht schießen!" und rannte in
Richtung des Tieres.
Doch es war schon zu spät.
Aus dem Gewehr von Bauer Jessen hatte sich
bereits ein Schuss gelöst.
Während der laute Knall durch den Wald schallte,
drehte sich Jessen freudestrahlend zu den anderen
um. Er war sich so sicher, dass er den Wolf erwischt
hatte und erwartete nun ihre Anerkennung.
Aber er sah nur in stumme, versteinerte Gesichter.
„Du hast ihn getroffen", murmelte schließlich einer
von ihnen.
„Das war ja auch der Sinn der Sache", feixte er und
drehte sich wieder um.
Dann erfror ihm sein Lachen im Gesicht.

Er sah Tom blutüberströmt am Boden liegen.

Vom Wolf war nichts mehr zu sehen und nur ein
leises Stöhnen von Tom drang zu ihnen herüber.
„So eine Scheiße!", fluchte Jessen.
Langsam aber stetig wurde die rote Lache um Tom
herum größer. Es war klar, dass er bald verbluten
würde, wenn ihm keiner zu Hilfe käme. Unsicher

wandte sich Jessen an die anderen.

„Und jetzt?"

Keiner wollte darauf etwas sagen und die Männer wichen seinem Blick aus.

„Na was schon? Abhauen!", lautete schließlich die Antwort eines Kumpels.

„Aber irgendjemand wird ihn finden und dann gehen die Nachforschungen los…", meinte Jessen. Einer der Jäger hatte sofort verstanden, auf was Jessens Gedankenspiele hinausliefen und sah ihn ungläubig an.

„Mensch, Jessen, Du denkst doch wohl nicht daran, ihm die Lampe auszublasen? Bis hierhin war´s ein Jagdunfall. Willst Du zum Mörder werden?" Erschrocken sahen ihn nun auch die anderen an. Es war eine Sache, einen Wolf zu töten, ein Mensch war etwas ganz anderes. Spätestens jetzt wurde jedem klar, in was für eine Geschichte Jessen sie hereingezogen hatte und die meisten hatten nur noch im Sinn, so schnell wie möglich abzuhauen, um nicht noch in ein größeres Unheil verwickelt zu werden.

„Lass ihn doch einfach hier liegen, dann hat sich die Angelegenheit bis heute Abend erledigt. Und dann können wir immer noch wiederkommen und die Leiche verschwinden lassen", schlug einer der Kumpanen vor.

„Und wenn ihn jemand vorher findet?", wandte Jessen ein.

„Wer sollte das denn sein?", höhnte ein anderer.
„Tom ist ein Einzelgänger, der hatte garantiert niemanden bei sich. Nun komm schon, Jessen."

Nur widerwillig ließ sich Jessen dazu bewegen, nach Hause zu gehen.

**

Gustafsson hatte den Schuss gehört und war sofort alarmiert. Das war eindeutig kein Schuss aus einem Betäubungsmittelgewehr, dazu war der Knall viel zu laut gewesen.
Anscheinend waren Jäger unterwegs.
Er hielt es für angebracht, mit Tom zu besprechen, was sie nun tun sollten.
Er gab daher seine Beobachtungsstelle am Fleischköder auf und machte sich auf die Suche nach ihm. Es dauerte nicht lange, bis er ihn stark blutend auf dem Boden fand.
„Um Gottes willen, Tom, was ist passiert?"
Edvin schaute entsetzt in Toms schmerzverzerrtes Gesicht.
„Jessen…", stieß Tom hervor.
„Warte einen Moment, ich bin gleich wieder hier, ich hole nur den Verbandskasten aus meinem Auto", meinte Edvin, während er gleichzeitig die Telefonnummer des Rettungsdienstes wählte.

Er informierte die Einsatzkräfte, doch als er sich auf den Weg zum Auto machen wollte, fasste Tom nach seiner Hand.

„Bleib hier", flüsterte er kaum verständlich.

Dann bedeutete er ihm, sich zu ihm herabzubeugen, weil er ihm etwas zu sagen hatte.

Als Edvin sein Ohr nahe an Toms Mund gebracht hatte, begann Tom zu sprechen.

„Die Wölfe… Versprich mir, dass Du Jack heim ins Rudel holst und die Meute nach Kanada bringst."

Edvin sah ihn verständnislos an.

„Aber Tom, Du kommst wieder auf die Beine, ganz bestimmt. Der Notarzt müsste gleich hier sein."

Doch Tom ließ sich nicht beirren und fuhr fort:

„Und ich will im Gehege begraben werden, unter dem Felsen, auf dem ich so oft gesessen habe, wenn die Wölfe mich begrüßten."

„Tom…", setzte Edvin nochmals an, doch Tom wurde jetzt eindringlich.

„Versprich es mir!"

Edvin spürte, wie ernst es Tom war und nickte.

„Ja, ich verspreche es Dir."

Eine große Anspannung wich aus Toms Körper. Noch einmal fasste er nach Edvins Hand und drückte sie, dann verließen ihn seine Kräfte.

Beim Eintreffen des Notarztes war er bereits tot.

Gustafsson war zwar nicht lange im Dorf gewesen, aber lange genug, um die feindliche Stimmung gegenüber Tom und seinen Wölfen mitzubekommen.

Daher traute er dem Dorfpolizisten nicht und informierte stattdessen Peer Knudsen von dem Geschehen. Knudsen war entsetzt – und er teilte Gustafssons Skepsis gegenüber der Dorfpolizei. „Könnte gut sein, dass die alle unter einer Decke stecken", meinte er. „Außerdem besteht Mordverdacht und da ist sowieso die Husumer Behörde zuständig. Ich kenne den verantwortlichen Oberkommissar persönlich. Er wird sicher gleich eine Abordnung zu Dir herüberschicken. Bleib am Tatort und beweg Dich nicht vom Fleck!"

Kaum eine halbe Stunde später wimmelte es nur so von Polizeibeamten. Der Tatort war weiträumig abgesperrt, die Spurensicherung machte sich an die Arbeit und Gustafsson erzählte alles, was er wusste, insbesondere natürlich, dass der Sterbende ihm noch den Namen des Täters genannt hatte. Bei der Untersuchung der näheren Umgebung um Toms Leiche herum fanden die Beamten Fußspuren von mehreren Personen, die deutlich machten, dass der Angreifer nicht allein unterwegs gewesen war.

Der Kommissar und zwei weitere Beamte machten sich unverzüglich auf den Weg zu Bauer Jessen, nachdem sie grünes Licht für eine Hausdurchsuchung erhalten hatten. Jessen tat zunächst überrascht, als die Beamten ihm mitteilten, dass gegen ihn wegen Mordverdachts ermittelt würde. Doch bald darauf fanden sie im Schuppen sein Gewehr, in dem genau eine Kugel fehlte. Wie sich beim Vergleich mit den noch im Gewehr befindlichen Exemplaren herausstellte, war die Kugel in Toms Brust vom gleichen Typ wie die anderen im Gewehr.

„Das Ganze war ein Unfall", gestand Jessen nun, der angesichts der Beweislast gegen ihn nicht weiter versuchte, seine Täterschaft abzustreiten. Er versicherte, dass es ihm nur darum gegangen sei, den Wolf zu töten.

„Dann hätten Sie nach dem Schuss schnellstmöglich erste Hilfe leisten und den Notarzt informieren müssen ", entgegnete der Kommissar. „Es war doch klar, dass der Verletzte ohne ärztliche Hilfe in kurzer Zeit sterben würde. Selbst wenn wir mal davon ausgehen, dass Sie zum Zeitpunkt des Schusses tatsächlich den Wolf töten wollten und nicht Herrn Smith, so erfüllt ihr Weggehen angesichts der Schwere von Smiths Verletzungen den Tatbestand der Tötung durch Unterlassen."

Jessen zog ein finsteres Gesicht.

Der Dorfpolizist, der kurz nach der Husumer Polizei am Tatort eingetroffen war und die ortsfremden Beamten zu Jessens Hof gefahren hatte, sah den

Bauern verständnislos an.

„Mensch, Jessen, was hast Du Dir dabei bloß gedacht? Das war die ganze Sache doch nicht wert!"

Da verlor Jessen seine Beherrschung.

„Alle im Dorf wollten, dass der Wolf erschossen wird, alle, auch der saubere Herr Dorfpolizist", sagte Jessen mit einem bösen Blick auf den Beamten.

„Nur getraut hat sich keiner, bis ich die Sache in die Hand genommen habe. Schließlich war es ja auch nichts anderes als eine Art Notwehr. Das Biest hatte immerhin schon Hinrichsen angegriffen. Und ich konnte schließlich nicht ahnen, dass Smith in der Nähe war und direkt in meine Schusslinie laufen würde."

„Soweit ich weiß, hat der Wolf Hinrichsen nur angeknurrt und die Zähne gefletscht. Zu mehr ist es nicht gekommen", meinte der Kommissar kühl.

„Sollten wir etwa warten, bis ein Mensch getötet wird?", fuhr Jessen ihn an. „Aus Husum war bereits die Abschusserlaubnis gekommen, wenn Tom den Wolf nicht binnen zwei Wochen ins Gehege zurückbringen würde."

„Eben", erwiderte der Kommissar, „nach zwei Wochen. Und die waren lange noch nicht um."

Jessens Augen blitzten wütend auf.

„Ihr aus der Stadt habt doch gar keine Ahnung. Ihr heckt am grünen Tisch irgendeinen Unsinn aus, setzt uns die Raubtiere vor die Nase und dann lasst ihr uns mit den Problemen allein. Da sitzt ihr dann schön im Sessel mit euren fetten Ärschen in der Gewissheit, dass sowieso nie ein Wolf in Husum auftauchen wird…"

„Mäßigen Sie sich, Herr Jessen", ermahnte ihn einer der Beamten, „sonst haben Sie gleich noch eine Anzeige wegen Beamtenbeleidigung kassiert. Sagen Sie uns lieber, wer bei Ihrer Aktion noch mit dabei war – das würde sich sicher für Sie strafmildernd auswirken."

„Das könnte Ihnen so passen", giftete Jessen. „Damit Sie die auch noch einbuchten können? – Niemals!"

„Dann werden wir uns eben selbst im Dorf umhören", sagte der Kommissar.

„Tun Sie das nur!", meinte Jessen und auf seinem Gesicht machte sich ein hämisches Grinsen breit. „Aber ich schwöre Ihnen, keiner wird Ihnen etwas sagen, weil nämlich alle auf meiner Seite stehen."

Und er sollte Recht behalten.

Überall im Dorf stießen die Beamten auf eine Mauer eisigen Schweigens. Keiner wollte etwas gehört oder gesehen haben.

Bloß Toms Freunde Amelie und Lars sowie Sven Hansen standen den Polizisten aufgeschlossen gegenüber. Nur hatten sie leider nicht die geringste Ahnung, wer an jenem Tag Jessen in den Wald begleitet haben könnte.

Das wurde zu einem der dunklen Geheimnisse in der Geschichte des Dorfes, das wohl nie aufgedeckt werden würde.

**

Derweil setzte sich Gustafsson noch einmal mit
Knudsen in Verbindung, um Verstärkung beim
Einfangen von Jack zu bekommen. Knudsen schickte
eine 50 Mann starke Truppe, sämtlich mit
Betäubungsmittelgewehren und Jagdhunden
ausgestattet, so dass eine Treibjagd veranstaltet
werden konnte.

Es war kein gewöhnlicher Morgen, dieser kalte,
neblige Frühjahrsmorgen.
Laute Rufe schallten durch den Wald und das
Geräusch schlagender Stöcke drang an Jacks Ohr.
So laut war es noch nie hier gewesen und instinktiv
versuchte er, dem Lärm auszuweichen. Doch in
welche Richtung er auch trabte, von überall her
dröhnte es in der gleichen Weise. Dabei kam der
Lärm immer näher.
Schließlich konnte er erkennen, dass Menschen mit
Hunden einen Kreis um ihn gezogen hatten, der sich
immer mehr zuzog. Schon einmal war er einem
Hund begegnet, der ihm sein Revier streitig machen
wollte. Damals war er ihm letztlich ausgewichen,
weil er in Begleitung eines Menschen gewesen war.
Und Menschen waren noch nie seine Feinde
gewesen.

Aber jetzt?

Er blickte auf diese Zweibeiner, die mit Stöcken wild um sich schlugen. Es war davon auszugehen, dass sie auch ihn angreifen würden, käme er in ihre Nähe, von den Hunden mal ganz zu schweigen.

Sollte er ihnen mit einem Angriff zuvorkommen? Seine Erfolgschancen waren angesichts ihrer Überzahl gering, seine Fluchtmöglichkeiten allerdings auch, da die Jäger mittlerweile schon relativ dicht nebeneinander standen. Nur konnte er bei der Flucht ein gewisses Überraschungsmoment ausnutzen. Noch gab es Lücken zwischen den einzelnen Jägern.

Er musste diese Chance einfach nutzen.

In vollem Galopp preschte er zwischen zwei Jägern und ihren Hunden hindurch. Weit holten seine Beine aus, hoben ihn ab vom Boden, hoch und immer höher, bis seine Pfoten jeglichen Kontakt zur Erde verloren. Es war ihm, als flöge er direkt in den Himmel hinauf.

In der Ferne verhallte ein Schuss.

**

Gustafsson war froh über den Erfolg der Treibjagd. Der betäubte Jack wurde auf das Gelände des Geheges gebracht, wo er bald wieder zu sich kam. Eine Weile noch torkelte er etwas unsicher umher und sah erstaunt auf die Wölfe seines alten Rudels und sein altes Revier.

Dann aber stürmte Leandra freudig auf ihn zu und ließ ihn für eine Weile vergessen, dass er wieder eingesperrt war.

Noch einmal büßte er sein Bewusstsein ein, als er zusammen mit den anderen Tieren des Rudels im Bauch eines Flugzeuges nach Kanada verbracht wurde.

Es sollte das letzte Mal sein, dass er seine Freiheit verlor.

**

Gustafsson konnte es beinahe nicht glauben, dass die meisten dieser netten Dorfbewohner einmal Feinde von Tom gewesen waren.

Er jedenfalls wurde von jedem freundlich begrüßt und der Bürgermeister stand ihm bei der Abwicklung der Formalitäten im Zusammenhang mit dem Wolfsrudel mit Rat und Tat zur Seite.

Fast war er versucht zu denken, dass es wohl an Tom selbst gelegen haben musste, dass er im Dorf so schlecht gelitten war.

Doch die Freundlichkeit der Dörfler ihm gegenüber hatte einen guten Grund.

Solange sich Gustafsson mit dem Verbringen der Tiere befasst hatte, war er für alle derjenige, der ihnen die Biester endlich vom Leib schaffte.

Anders sah die Sache schon aus, als er beim Bürgermeister Toms Anliegen vorbrachte, auf dem Gelände des Geheges begraben zu werden.
Viele und auch der Bürgermeister hatten gehofft, dass Toms Leiche zusammen mit den Wölfen nach Kanada überführt werden würde, so dass nichts mehr an diese ganze schreckliche Zeit erinnern würde.
„Wie Sie vielleicht nicht wissen, ist es in Deutschland verboten, einen Leichnam irgendwo in der Natur zu verscharren", erwiderte der Bürgermeister spitz auf Gustafssons entsprechende Anfrage. „Hier gibt es den Friedhofszwang. - Es sei denn, sie wollen seine Asche auf dem Meer verstreuen. Das ist natürlich möglich."
Mehr musste der Bürgermeister gar nicht sagen, um Gustafsson klar zu machen, dass er in diesem Punkt nicht mit seiner Hilfe rechnen konnte.
Gustafsson konnte sie wieder spüren, die Ablehnung von Tom und all dessen, was er getan hatte. Er war nur überrascht, dass sie sich sogar über Toms Tod hinaus gegen dessen Leiche richtete.

Er seufzte resigniert.

Ohne Unterstützung würde er Toms Wunsch nicht umsetzen können, denn er kannte sich zu wenig in den deutschen Bestimmungen hinsichtlich Beerdigungen aus.

„Nein", meinte er schließlich, „ich glaube, dann wäre ihm eine Beerdigung in Kanada doch lieber."

Der Bürgermeister lächelte.

„Das ist sicher für alle die beste Lösung. Jeder möchte schließlich in seinem Heimatland bestattet werden, nicht wahr?"

Eine verlogene Freundlichkeit troff aus seinen Worten, wobei er Gustafsson die ausgestreckte Hand zum Abschied hinhielt.

Aber Edvin drehte sich wortlos um und verließ das Büro.

Der Bürgermeister sollte nicht denken, dass er ihn nicht durchschaut hatte.

Andererseits war er aber auch irgendwie erleichtert, dass er die Beerdigung nicht organisieren musste. Das war ohnehin nicht seine Sache. Schon die Bestattung seiner eigenen Eltern in Schweden war ihm schwer gefallen.

Es wäre besser, jemand anderes würde sich um diese Angelegenheit kümmern.

Jemand, der sich hier auskannte.

Er erinnerte sich daran, dass Tom mit einem Jungen namens Lars zusammen gearbeitet hatte und dass er ihm erzählt hatte, dass auch dessen Mutter dem Wolfsprojekt aufgeschlossen gegenüber gestanden

hatte. Mit etwas Glück konnte er sie vielleicht dazu überreden, die Beerdigung zu organisieren.
Ein Besuch im Krämerladen von Sven Hansen reichte aus, um Namen und Adresse der Mutter zu erfahren.

**

Natürlich wusste Amelie genau wie der Rest des Dorfes längst Bescheid und war bestürzt über den Tod von Tom.
Doch in ihre Trauer mischten sich auch Wut und Enttäuschung über das Geschehene. Vor allem, wenn sie daran dachte, wie diese ganze Geschichte auf ihren Sohn wirkte.
Nur schwer hatte sie Lars zunächst davon abhalten können, sich an Jessen zu rächen. Als ihr das schließlich gelungen war, hatte er sich völlig zurückgezogen und war nun kaum mehr ansprechbar.
Amelie fühlte sich so hilflos, was sie umso wütender werden ließ.
Irgendwie musste sie ein Zeichen setzen, dass nicht das ganze Dorf gegen Tom gewesen war, dass es hier nicht nur sture, verständnislose Menschen gab, die zu allem fähig waren – und damit Lars zeigen, dass es neben dem ganzen Schlechten auch das Gute im Menschen gab.

Am Tod von Tom konnte das natürlich nichts mehr
ändern.
Aber man konnte versuchen, das Geschehene
aufzuarbeiten und vielleicht den einen oder
anderen zum Nachdenken zu bringen.
Gustafssons Bitte um Hilfe bei der Beerdigung von
Tom kam ihr da gerade recht.

„Und der Bürgermeister hat Ihnen tatsächlich
gesagt, in Deutschland wäre es nicht möglich, in
freier Natur beerdigt zu werden?", empörte sie sich.
Gustafsson nickte.
„Na, der kann was erleben. – Sie können beruhigt
sein, Edvin, ich werde die Organisation der
Beerdigung in die Hand nehmen. Und wenn Tom
zum Schluss nicht unter seinem geliebten Felsen
liegt, möchte ich nicht mehr Amelie heißen."
Edvin war erleichtert.
Diese energische Frau würde sich schon
durchsetzen, dessen war er sich sicher.
Und er konnte bald wieder nach Schweden
zurückkehren.

**

Dem Bürgermeister schwante nichts Gutes, als
Amelie in sein Büro rauschte. Schließlich war sie mit
Tom befreundet gewesen.

„Ich habe gehört, sie wollen es nicht erlauben, dass Toms Leiche unter dem Felsen im Gehege beerdigt wird?", kam sie ohne Umschweife direkt zur Sache.

„Aber Frau Nissen", meinte der Bürgermeister scheinbar mitfühlend, „das geht doch nicht. In Deutschland müssen Menschen nun einmal auf dem Friedhof beerdigt werden – oder auf hoher See. Das habe ich übrigens auch schon Edvin Gustafsson gesagt, der sich um die Bestattung von Herrn Smith kümmern wollte. Unter den gegebenen Umständen wollte er die Leiche dann doch lieber in das Heimatland von Herrn Smith überführen. Das Thema ist also schon erledigt, Frau Nissen."

„Nichts ist erledigt", erwiderte Amelie trotzig. „Erstens hat Herr Gustafsson nun mich mit der Erledigung aller anfallenden Arbeiten rund um die Bestattung beauftragt…"

„Na ja, da wird es ja nicht mehr viel zu erledigen geben, wenn er doch nach Kanada überführt werden soll."

„Zweitens", fuhr sie unbeirrt fort, „möchte natürlich auch Herr Gustafsson, dass der letzte Wille von Tom erfüllt wird."

„Aber Frau Nissen, wie ich schon sagte…", hob der Bürgermeister wieder an, aber Amelie fuhr ihm einfach über den Mund.

„Und drittens ist es sehr wohl in Deutschland möglich, in freier Natur beerdigt zu werden."

„Und wie, bitteschön?", fragte er mit übertriebener Höflichkeit.

„Wenn ein Gebiet als Friedwald ausgewiesen ist, können dort Urnen unter Bäumen oder Steinen bestattet werden."

Amelie sah ihn triumphierend an.

„Ja", meinte der Bürgermeister kühl, „*wenn* solch ein Gebiet als Friedwald ausgewiesen ist. Das ist das Gehege aber nicht."

„Und was spricht dagegen, es nun entsprechend auszuweisen? Die Wölfe sind schon auf dem Weg nach Kanada. Die Fläche könnte problemlos umgewidmet werden."

Der Politiker verzog seine Augen zu schmalen Schlitzen und sagte gefährlich leise: „Das habe ich aber nicht vor."

„Und warum nicht, wenn ich fragen darf?"

„Frau Nissen", holte er aus, „Sie wissen genauso gut wie ich, dass wir im Dorf keine leichte Zeit mit Tom Smith hatten. Keiner hat hier jemals für das Wolfsprojekt gestimmt. Es ist uns einfach von der höheren Verwaltung aufs Auge gedrückt worden. Herr Smith hat nur für Unruhe und böses Blut gesorgt. Kein Mensch will mit einem Grab auch noch an diese Zeit erinnert werden."

„Sie meinen, keiner will an seine eigene Schuld und Intoleranz im Umgang mit Tom und den Wölfen erinnert werden?"

„Drücken Sie es so aus, wie Sie wollen", erwiderte der Bürgermeister kalt. „Auf jeden Fall ist es das Beste, wenn auch seine Leiche verschwindet – und zwar für immer."

Deutlicher konnte er seine Meinung wohl kaum ausdrücken. Aber Amelie ließ sich davon nicht beeindrucken.

Ihre Stimme wurde energisch.

„Wenn Sie das Gebiet nicht in den nächsten Tagen als Friedwald ausweisen, werde ich der Presse einige unschöne Details aus dem Dorfleben verraten. Und zwar nicht unserem Dorfblättchen, sondern der Husumer Presse. Vielleicht interessiert sich ja darüber hinaus Peer Knudsen dafür? Oder das Fernsehen? – Leider muss ich denen dann auch mitteilen, warum unser Herr Bürgermeister Toms letzten Willen nicht in Erfüllung gehen lassen will…"

Der Politiker lief rot an.

„Sie wollen mir drohen?"

„Drücken Sie es so aus, wie Sie wollen", antwortete Amelie mit den gleichen Worten, die der Bürgermeister kurz zuvor benutzt hatte. „Aber Sie können Gift darauf nehmen, dass ich mein Wort halte."

Für einen Moment lang flogen wütende Blicke hin und her.

Dann siegte beim Bürgermeister die Vernunft.

„Ich kann ja mal sehen, was sich machen lässt…"

„Ja, tun Sie das", sagte Amelie. „Es würde mich freuen, wenn wir doch noch eine einvernehmliche Lösung finden könnten."

**

Amelie hatte kaum den Raum verlassen, da griff der Bürgermeister zum Telefon.

„Ole, kommst Du mal bitte kurz in mein Büro?"

Ole Klausen war die rechte Hand des Bürgermeisters und aufgrund seines juristischen Studiums immer dann gefragt, wenn es um rechtliche Fragen ging.

„Was gibt´s, Chef?"

Der Bürgermeister schloss zunächst einmal die Tür hinter seinem Mitarbeiter, ehe er antwortete.

„Dass das klar ist, Ole: Dieses Gespräch ist streng vertraulich."

„Kein Problem", erwiderte Ole. „Worum geht´s?"

Der Bürgermeister ließ sich schwerfällig in seinen Sessel fallen.

„Es geht mal wieder um Tom Smith."

Ole zog erstaunt die Augenbrauen hoch.

„Verstehe ich nicht. Der ist doch erstens tot und zweitens seine Leiche so gut wie auf dem Weg nach Kanada."

„Ja", seufzte der Gemeindechef, „das hatte ich auch gedacht. Aber Gustafsson, mit dem ich schon alles geregelt zu haben glaubte, hat die Abwicklung der Beerdigung nun überraschenderweise Amelie Nissen übertragen…"

„Der Freundin von Tom Smith?", frage Ole ungläubig.

„Ja, leider. Und die hat es sich jetzt in den Kopf gesetzt, dass Smith in unserem Dorf begraben wird und zwar unter dem Felsen vor seiner Hütte."

„Das ist doch gar kein Friedhofsgelände!", rief Ole aus.

„Da hast Du zwar Recht, Ole." Der Bürgermeister lächelte gequält. „Aber wie Du weißt, ist es ja prinzipiell möglich, das Gebiet per Satzung als Friedwald auszuweisen. Und genau das verlangt sie von mir. Und zwar lieber gleich heute als Morgen."

„Und? Warum sollten wir das tun?"

Dem Bürgermeister war sichtlich unwohl in seiner Haut.

„Aus verschiedenen Gründen, die ich Dir jetzt nicht näher erläutern möchte. Nur eins: Sie hat erhebliche Druckmittel gegen uns in der Hand."

„Verstehe. Und was ist jetzt das Problem?"

„Sagen wir es mal so: Die Leiche fängt ja schon bald an zu stinken und ehe ich die Gemeindevertretung ordnungsgemäß einberufen habe, vergeht mindestens eine Woche."

Auf Oles Gesicht erschien ein süffisantes Grinsen.

„Das wäre zwar die erste Leiche, die trotz Kühlung schon nach ein paar Tagen im Leichenhaus zu stinken anfängt, aber unter diesen Umständen muss die Satzung natürlich unverzüglich erlassen werden…"

„Ja, nicht wahr?" Die Erleichterung des Bürgermeisters war nicht zu übersehen. „Wir sind uns also einig, dass hier eine Eilentscheidung des Bürgermeisters erforderlich ist?"

„Absolut."

„Danke, Ole. Ich wusste doch, auf Dich ist Verlass."

**

Es war eine kleine Beerdigung. Nur Peer Knudsen, Edvin Gustafsson, Amelie, Lars und Sven Hansen erwiesen dem Toten die letzte Ehre.

Tom hatte keine nahestehenden Verwandten und der Rest des Dorfes drückte durch Abwesenheit sein Missfallen darüber aus, dass er nun doch hier beerdigt wurde - hier, unter seinem geliebten Felsen, so, wie er es sich gewünscht hatte.

Noch heute erzählt man sich, dass bald darauf wilde Wölfe von Osten her in die Gegend kamen.

Sie zogen irgendwann weiter westwärts, aber für ein paar Wochen machten sie Zwischenstation im Wäldchen des ehemaligen Geheges.

Man sagt, sie versammelten sich in klaren Nächten um den Felsen herum und heulten den Mond an.

Das hätte Tom gefallen.

Natürlich ist die erzählte Geschichte frei erfunden, sonst wäre sie ja kein Roman, sondern eine Reportage.
Ihre wesentlichen Bestandteile aber beruhen auf Tatsachen (vgl. das Quellenverzeichnis im Anhang, z.T. mit Anmerkungen).
So sind vor allem die Wolfsverhaltensweisen nicht erfunden, sondern in vergleichbarer Weise von Tierfilmern in den USA beobachtet worden.

Es ging mir bei diesem Roman von Anfang an darum, möglichst nah an der Realität zu bleiben – er sollte kein weiteres Märchen über den Wolf werden, weder im positiven noch im negativen Sinn.
Davon haben wir ohnehin genug und keins davon hat je dazu beigetragen, die Spannungen zwischen Wolf und Mensch zu vermindern.
Im Gegenteil, sie scheinen eher noch zuzunehmen: Seit dem Frühjahr 2016 haben wir den ersten Fall eines wegen Gefährdung der Bevölkerung von den Behörden zum Abschuss frei gegebenen und getöteten Wolfes in Deutschland, von den Behörden in Niedersachsen MT6 genannt.
Und die wiederholte illegale Erschießung einzelner Tiere ist leider ebenfalls traurige Realität.

Wenn dieses Buch auch nur ein wenig dazu beitragen könnte, sich mit dem wirklichen Wesen des Wolfes auseinanderzusetzen und zu überdenken, wie wir auf seine Rückkehr nach Deutschland angemessen reagieren können, so hätte es meine Erwartungen mehr als erfüllt.

Es bleibt zu hoffen, dass wir irgendwann dazu fähig werden, dem Wolf den Platz in der Natur wiederzugeben, den er bis vor etwa 150 Jahren in Deutschland hatte, bevor wir ihn ausrotteten.

Anhang

Der Würger vom Lichtenmoor:
In der Nachkriegszeit bis 1948 wurden in Niedersachsen zahlreiche Haus- und Nutztiere rund um das Lichtenmoor in der Region nordöstlich von Nienburg/Weser gerissen, was die Bevölkerung einem grausigen Wolf zuschrieb, der angeblich schließlich erlegt wurde (vgl. www.wikipedia.de, Der Würger vom Lichtenmoor).

Wolfsverhalten:
Die meisten der geschilderten Wolfsverhaltensweisen beruhen auf der Dokumentation der beiden Tierfilmer Jamie und Jim Dutcher, die über 6 Jahre lang zusammen mit einem Wolfsrudel in den Sawtooth Mountains lebten, US-Bundesstaat Idaho. (https://www.youtube.com/watch?v=HRoF4Rwxlpw)

Dokumentation über einen schwarzen Wolf im Yellowstone National Park, USA
https://www.youtube.com/watch?v=u--ICpU9Dpc

Strafbarkeit der illegalen Wolfstötung
http://www.focus.de/panorama/welt/wolf-abschuss-jaeger-droht-schwere-strafe_aid_406490.html, focus-online, 6.08.09

Wolfsbetreuer im Wildpark Eekholt:

Der Wildpark Eekholt als Wolfsinformationszentrum des Landes Schleswig-Holstein ist zentraler Ansprechpartner für alle Fragen rund um den Wolf. Diese Aufgabe ist mit dem Inkrafttreten des Wolfsmanagementplanes für Schleswig-Holstein durch das Ministerium für Landwirtschaft, Umwelt und ländliche Räume an den Wildpark Eekholt übertragen worden.

Die Wolfsbetreuer sind ein wichtiger Bestandteil des Wolfsmanagementplans. Sie nehmen eine beratende und vermittelnde Rolle ein. Interessierte Vertreter der betroffenen Verbände sowie Behördenvertreter werden zu diesem Zweck zu Wolfsbetreuern ausgebildet. Die Verbände melden dem Ministerium für Landwirtschaft, Umwelt und ländliche Räume entsprechend geeignete Personen. Darüber hinaus können auch besonders geeignete Einzelpersonen ausgebildet werden. Die Kosten für diese Ausbildung sowie eventuell notwendige Aufwandsentschädigungen werden aus Mitteln des Landes Schleswig-Holstein finanziert.

Zuverlässige Informationen über die Situation der Wölfe in Deutschland sollen dazu führen, dass bestehende Ängste und Vorurteile in der Bevölkerung abgebaut werden, wozu das ehrenamtliche Wolfsbetreuerteam beitragen soll. Die Wolfsbetreuer sollen darüber hinaus direkter Ansprechpartner für die Bevölkerung sein. Weitere

Aufgabe der Wolfsbetreuer ist es, Wolfshinweise (z.B. Fährten, Kot, Risse) zu erfassen und den Sammelstellen (Ministerium für Landwirtschaft, Umwelt und Raumordnung SH (MLUR), Wildpark Eekholt) zuzuleiten sowie Nutztierhalter darüber aufzuklären, wie sie ihre Herden vor Wölfen schützen können. Bei Tierverlusten, bei denen der Wolf in Verdacht steht, werden die Wolfsbetreuer zur Beurteilung hinzugezogen.
Der Wildpark Eekholt soll insbesondere bei der Koordinierung von Präventionsmaßnahmen, der Ausbildung von Wolfsbetreuern und der Öffentlichkeitsarbeit eine hervorgehobene Rolle spielen.
(http://www.wildpark-eekholt.de/aktuelles_wolfsinformation.htm)

Empfohlene Verhaltensregeln beim Zusammentreffen mit Wölfen
https://www.nabu.de/tiere-und-pflanzen/saeugetiere/wolf/wissen/15812.html

Schadensersatz für von Wölfen gerissenen Tieren
https://schleswig-holstein.nabu.de/news/2016/wolfsgarantie.html

Förderung von Schutzmaßnahmen gegen Wölfe
im Wolfsgebiet Schleswig-Holsteins (Herzogtum-Lauenburg)
(http://www.agrarheute.com/news/ratgeber-tipps-herdenschutz-gegen-woelfe, 4.12.2014)

Angriffe von Hunden auf Menschen
Bundesweit kann die Zahl der Vorfälle nur geschätzt werden: In einem Fachartikel im Deutschen Ärzteblatt wird die Zahl der Bissverletzungen in Deutschland mit jährlich insgesamt 30.000 bis 50.000 Fällen angegeben. Von Hunden stammten 60 bis 80 Prozent dieser Verletzungen.
(http://www.swp.de/ulm/nachrichten/vermischtes/zahl-der-hunde-angriffe-hat-zugenommen-9543486.html, 2.07.15)

Nutztiere als Opfer von Hundeangriffen
https://schleswig-holstein.nabu.de/news/2016/wolfsgarantie.html
25.01.2016

Wolfsvergrämung
Über den Vergrämungsversuch beim später erschossenen niedersächsischen Wolf MT6:
https://www.nabu.de/news/2016/03/20115.html, 10.03.2016

Verändertes Wolfsverhalten bei Paarbildung
http://wendland-net.de/post/munster-war-die-
wolfs-vergraemung-erfolgreich-42655

*Erste behördliche Abschussgenehmigung für den
sog. Wolf MT6 in Niedersachsen*
https://www.nabu.de/news/2016/04/20636.html,
28.04.2016

Zur illegalen Tötung von Wölfen in Deutschland
In den letzten Jahren wurden in Deutschland 18
Wölfe illegal getötet.
(http://www.spiegel.de/wissenschaft/natur/tote-
woelfe-deutschland-hat-ein-wilderei-problem-a-
1103009.html, 14.07.2016)

*Alle Werke der Autorin unter
www.gudrunheller.wix.com/autorin*